Los labios pintados de Diderot

Fernando Villaverde
Los labios pintados de Diderot

y otros viajes algo imaginarios

bokeh ✳

Primera edición, 1993 (Miami: Iberian Studies Institute)

© Fernando Villaverde, 2016
© Fotografía de cubierta: Miñuca Villaverde, 2016
© Bokeh, 2016
Leiden, NEDERLAND
www.bokehpress.com

ISBN 978-94-91515-61-3

Todos los derechos reservados. Cualquier forma de reproducción, distribución, comunicación pública o transformación de esta obra sólo puede ser realizada con la autorización de sus titulares, salvo excepción prevista por la ley.

Ravenna..7
El caso de la novia australiana.. 37
En Boston, impresiones del Oriente 61
Los labios pintados de Diderot.. 69
Los viejos de la Luna..161
Tragedias circenses..173
Contrabando de México 191

Ravenna

1.

Me resulta difícil precisar qué vino primero, si el interés en Ravenna o el libro sobre Ravenna. Si el interés o la decisión —la decisión, no el deseo; éste sé que surgió después— de viajar a Ravenna. ¿Compré el libro para ilustrarme, una vez decidido el viaje? ¿Lo busqué para ahondar en una curiosidad que ya sentía o me cayó en las manos porque sí, como tantos, y leerlo me despertó ese interés que, inevitablemente, me llevó a esa decisión, entonces todavía sin pasión, de viajar a Ravenna? El destello decisivo lo desconozco. Es más, sigo sin explicarme ese deseo imperioso de visitar esa ciudad, por encima de otras posibilidades. Para empezar, nunca me atrajeron particularmente los mosaicos. Si me esfuerzo por definir lo que sentí siempre ante ellos, diría que, por el contrario, me resultaban algo impuro, ornamental en exceso; junto a la fuerza dinámica de la pintura mural, con sus posibilidades de medios tonos, sus vaguedades y matices, las esmaltadas superficies del mosaico me parecen evidentes; como de esmalte de uñas, un maquillaje. Mi primer contacto con una obra mural de este tipo fue cuando, en los años cincuenta, en una pared exterior del nuevo hotel Hilton de La Habana, Amelia Peláez pintó —mis prejuicios continúan; aquí me resulta inadecuado este verbo— un mural de mosaico, donde, como en tantas de sus obras, representó a su manera un conjunto de frutas cubanas. Nunca me capturó, como lo hicieron otras, esta obra suya. Y cuando, muy pocos años después, sin saberse nunca públicamente por culpa de quién, un gran pedazo del mural se desprendió, matando, según contó el rumor, a una turista que se soleaba en la piscina, y las autoridades decidieron demoler el resto, cubriendo la vacía pared con una horrenda lechada azul de balneario, me entristeció un poco ver desaparecer la obra, aunque no tanto por razones de pérdida artística como por quedarme sin algo a lo que ya me había acostumbrado. No pasó después nada que pudiera haberme hecho cambiar de opinión respecto a los mosaicos. No recuerdo haber sentido particular atracción por ninguna obra de este tipo, como no sean los del parque Gaudí, desenfadadamente decorativos y, pienso que a manera de señal, destrozados, antes de usarse, a mandarriazos. Me pierdo pensando a qué vendrá entonces este afán por Ravenna. Si son los mosaicos o si se trata de otra cosa, oculta, que no logro descubrir.

2.

En el sueño, la ciudad destruida aparece como desde un avión que volase a poca altura. Pero puede verse en su totalidad, abarcando hasta la periferia del ojo, sin las limitaciones que imponen las ventanillas de un avión. Aunque es una visión total de la destrucción, la mirada del sueño se limita a una calle a orillas de un río, donde se suceden ante la vista, sin una sola interrupción banal, majestuosos edificios. De pronto identifico con absoluta certidumbre la torre de una palaciega construcción: la ciudad es Dresde. Estoy viendo, en movimiento, una foto que aparece muy diminuta en mi enciclopedia, y que no sólo he ampliado, sino alterado su perspectiva, con esa infalible veracidad deductiva del sueño. ¿Qué hace ahí Dresde? ¿Por qué ella, entre tantas? Recuerdo, fulminante, este sueño, días después; la identificación es fácil y la hago sin vacilar, al escuchar en un disco las cuatro últimas canciones de Ricardo Strauss. La última responde a mi insistente pregunta: ¿por qué las ruinas?, aunque la respuesta la da al sesgo: Con el largo pasaje final para orquesta que cierra el cuarteto, Strauss, en vísperas de morir, nos dice: Al final, la voz humana calla. Quedan sólo los árboles, y los pájaros; el canto de los pájaros.

3.

Es uno de los raros momentos de mi vida con algo de misterio. Soy todavía niño y vuelvo con mis padres de contemplar los mogotes de Viñales, esos montes antiguos cuyas laderas a pico y cumbres redondeadas hacen pensar en corchos gigantescos, colocados allí en otras edades para clausurar boquetes del valle. Mi padre estrena auto y damos por primera vez un viaje que luego repetiremos, por lo menos un par de veces al año, por muchos años. Atardece, y decidimos —deciden ellos; consultarme, aunque lo hacen, es un protocolo— dar algunas vueltas por Pinar del Río. Descubro un pueblo feo como pocos; polvoriento, monótono. Parece un cruce de caminos desmesurado. Al cabo de varias vueltas por calles que me parecen siempre la misma, doy sin pensarlo un grito: Dobla, le ordeno a mi padre. Y le exijo ir a ver la casa azul. Mis palabras les resultan desatinadas; no me hacen caso. Pensarán que hablo con algún amigo imaginario, o que lo incorporo, y que esa frase sin sentido le pertenece. No me dejo vencer. Insisto. Doy manotazos en la cabecera de su asiento para obligarlo a parar. Al fin accede, da la vuelta, y se deja guiar por mí, como incorporado a un juego mío. No me importa; vamos a donde yo quiero. Distingo, entre las bocacalles idénticas, la que busco. ¡Por ahí! Dobla, y a pocas casas, evidente como si fuese de nácar entre el paisaje de lechadas amarillentas, aparece la casa azul. De estructura igual a las demás —un piso, portalón frontal, tres o cuatro escalones desde la calle— resulta del todo diferente por su intenso color añil. Es evidente que podría distinguirse desde muy lejos, desde donde la vista alcance. Hasta ese momento, he sentido sólo alegría; nada de lo sucedido me ha asombrado. Noto entonces en el portal a dos personas: una mujer, acodada en la baranda y vuelta hacia la calle; cerca de ella, un niño, casi un bebé, encerrado en un corral y con la boca sucia. Resulta visible por haber sido colocado en el lugar donde las escaleras de la calle se abren al portal, probablemente para que se entretenga con el barullo de la gente. No me preocuparían ellos; me perturban sus miradas, vueltas hacia mí: ella con una sonrisa cariñosa; el bebé con esa cara de asombro de los niños pequeños cuando interrumpen su juego para observar algo. Es, en los dos, como si me dijeran: Ya llegaste. Mi padre, que también los ha visto, suelta el freno y deja que el auto se ponga en marcha. No lo impido; esas miradas han matado mi espontaneidad, me han vuelto consciente de lo sucedido, asustándome. Aunque repetimos muchas veces el viaje a Viñales, nunca tratamos de volver a esta casa. Cuando lo intenté yo solo, ya de veinte años, no pude encontrarla.

4.

Ramón Alejandro viene de París a exponer sus pinturas y me visita. Le cuento mis planes de ir a Ravenna y él me habla de un viaje suyo allí, hace años. Al recordar Ravenna, Ramón comete dos errores: me habla de la tumba de Alarico y, correctamente, se refiere a su domo, hecho de una pesadísima pieza única de piedra. Pero el verdadero nombre del rey es Teodorico. El segundo error es más importante. Me cuenta de una visión que tuvo Jung en Ravenna, relatada por éste en sus memorias, y me dice que Jung habla de haberse topado con una maravillosa iglesia cubierta de murales de mosaico, la cual visitó con una amiga, y que luego, aunque ambos recordaban el sitio y las pinturas, nunca pudieron volver a localizar: el lugar visitado no existía. La iglesia tampoco; o, por lo menos, no existía desde hacía siglos. Las guerras y los saqueos la habrían aniquilado. El error de Ramón Alejandro consiste en que Jung no habla de una iglesia perdida sino de unos murales perdidos. Dice que, visitando una de las iglesias de Ravenna en compañía de una mujer, admiró, junto a ésta, un prodigioso conjunto de mosaicos que representaban escenas bíblicas con exquisito esplendor. El hecho contado por Jung es aún más notable que el recordado por Ramón. Tanto Jung como su acompañante sabían dónde estaban, un lugar de peregrinaje artístico conocido de todos. Y allí, en ese sitio tan documentado, descubrieron cosas desconocidas, o invisibles, como se prefiera, a los demás. Lo más importante y lo que conduce a Jung a dar a este episodio un espacio en sus memorias, es, como él mismo subraya, el que los murales apócrifos los viesen los dos. Ambos los recordaban, sobre todo sus vivísimos colores. Volviendo a Ramón Alejandro, lo que más me interesa de este segundo error suyo es la posibilidad de sumarlo al de Jung y, haciendo una operación algebraica, o gramatical, convertir los dos elementos negativos en uno positivo. Haciéndolo así, al añadir el error de memoria de Ramón al error de visión —o de memoria, siempre queda la posibilidad— de Jung, el error, como negación, desaparece. Detrás debe haber una verdad, el destello que Jung murió sin descubrir. ¿Pero cuál es? ¿Existe el edificio, existen los mosaicos, existe una tercera cosa? ¿Es un problema de espacios, o de tiempos? Me desconcierto un poco; no entiendo por qué igualo ambas cosas; por qué equiparo la visión de Jung, o su idea de haber tenido una visión, con un simple olvido. ¿Y quién asegura que simple olvido? Así como Jung y su acompañante presenciaron un espectáculo a los demás vedado, igual puede haber leído Ramón Alejandro unas memorias escritas sólo para él. ¿O le habrá escrito Jung, a él, una versión más exacta de lo sucedido? No puedo evitar entonces la presunción: dicho a mí, para mí, este segundo error, que concluye la operación algebraica y restaura la verdad, es precisamente para seguirme empujando, como me ha estado empujando todo últimamente, de manera irracional, implacable, hacia Ravenna, hacia algún episodio pendiente en Ravenna.

5.

Debo escribirla así, Ravenna, con dos enes, aunque en español lleve sólo una. No puedo imaginarla ni decirla de otra manera. Con una sola ene, la palabra pasa sin detenerse. Imposible expresar, si no es con la doble consonante, la necesaria pausa, el riguroso desfile de mártires y vírgenes en los muros de San Apolinar, que parecen detener por un momento sus sandalias a cada paso, antes de dar el siguiente; terminando uno antes de iniciar el otro, igual que termina una sílaba antes de empezar la siguiente cuando se interrumpe la palabra en la doble ene de Ravenna.

6.

Al caerse la retina, la luz se va perdiendo poco a poco. La oscuridad va ganando el ojo –de abajo arriba, siguiendo la inversión óptica– pero de inmediato no es total, no es un velo totalmente opaco colocado ante la pupila; al principio se ve como si se tuviese ante los ojos una gasa parda, de hilos concéntricos, como tejida por arañas; el avance de la ceguera consiste en que, en cuestión de horas, los hilos van espesándose, aproximándose entre sí, hasta que la trama se cierra y la penumbra se vuelve oscuridad. Tampoco entonces es necesariamente absoluta. En un resquicio del ojo puede quedar un resto de visión. Es un diminuto fragmento semicircular, como el pedacito cortado con tijeras de una uña. Por ahí hay visión, pero ésta se siente, más que otra cosa. Si uno vuelve ingenuamente la mirada a ese rincón, como hacemos con éxito cuando alguien nos tapa los ojos con las manos, la ceguera acompaña al ojo en su movimiento y cierra el paso a ese poquito de luz. Hay por tanto que acostumbrarse a ver sin mirar. Por eso, ver se vuelve sentir. Se sienten, al lado, los colores, los movimientos, la luz. Hay que disfrutar serenamente de su presencia, sin irlos a buscar. Esa presencia intocable puede ser enervante, desesperante. Otras veces resulta un consuelo. Como pasé en esta situación sólo dos días, hasta mi operación, no sé que preferiría para siempre: si ese rayo inasible o la ceguera absoluta, que tal vez sea la paz.

7.

Jung dice, exactamente (si puede considerarse exacto un texto que ha pasado por dos traducciones): «Fuimos directamente, de la tumba de Gala Placidia al Baptisterio de los Ortodoxos. Aquí, lo que primero atrajo mi atención fue la tenue luz azul que llenaba la habitación; sin embargo, no me extrañó esto en lo más mínimo. No traté de averiguar su origen, de manera que la maravilla de esta luz sin fuente visible no me perturbó. Quedé algo perplejo porque, en lugar de las ventanas que recordaba haber visto en mi primera visita (Jung se refiere a veinte años antes), ahora había cuatro enormes frescos ejecutados en mosaico; eran de increíble belleza y, al parecer, los había olvidado por completo. Me molestó descubrir que mi memoria fuese tan falible». Luego, Jung describe las escenas bíblicas representadas en los novedosos mosaicos. Termina: «El cuarto mosaico, en el lado occidental del baptisterio, era el más impresionante. Fue el último que contemplamos. Representaba a Cristo extendiendo su mano a Pedro, que se hunde entre las olas. Nos detuvimos ante este mosaico no menos de veinte minutos y discutimos el ritual original del bautismo», etc. Después, añade: «Conservo un clarísimo recuerdo del mosaico de Pedro ahogándose y ahora mismo puedo evocarlo en detalle ante mis ojos: el azul del mar, fragmentos específicos del mosaico... Una vez que salimos del baptisterio, me dirigí rápidamente al Alinari a comprar fotos de los mosaicos, pero no encontré ninguna. De vuelta a casa (Jung se refiere a Zurich), pedí a un amigo que iba a Ravenna que me consiguiese las fotos. No las pudo localizar, y descubrió que los mosaicos descritos por mí no existían». Esto encontré en las memorias de Jung sobre el hecho descrito por Ramón Alejandro. Jung destaca la importancia que dio a este suceso, al que llama uno de los más curiosos de su vida.

8.

No puedo precisar de qué iglesia fueron las ruinas que vi en Caen. Un sacerdote de hábito blanco me abre la verja que, más que proteger, fija los límites a la destruida reliquia; me muestra los pocos pedazos que quedan en pie, aún admirables. Destaca uno: las columnas y el techo de un saloncito sin paredes, un rectángulo pequeño de unos tres o cuatro metros de alto, que pudo ser simple cruce de galerías y sobrevive como un baldaquín de piedra bajo el que podría cobijarse un auto. El cura señala sobre mi cabeza el vértice gótico del techo y con pausa estudiada, me dice que contemplo el primer ejemplo conocido de una clave de bóveda gótica, verdadera y no simulada; el hallazgo que permitió a los arquitectos subir y subir, creando esos edificios de aspiración celeste. No sé si lo que dijo es verdad; lo creía, sin duda. Pero quizás fue inexacto; por mucho que he buscado luego en libros, nunca he encontrado esa fundamental atribución. Tampoco quiere esto decir nada. La gente de cada lugar tiende a exagerar lo suyo, es cierto; pero también conoce muchas veces con gran exactitud cosas omitidas de las historias. Este podría ser uno de esos datos. O quién sabe si el nombre de esa destruida iglesia de Caen fue barrido de los textos porque el edificio no existe ya como antes, y resulta preferible orientar a estudiantes y turistas hacia otros monumentos en pie de la ciudad, o de otros lugares. De todos modos, no narro el episodio para dilucidar este detalle. Lo notable para mí de la visita a esa ciudad normanda son las ruinas. Más bien, mi memoria de las ruinas. Nunca, estando allí, dediqué a su desolación, borrada sólo a medias por las reconstrucciones, un solo pensamiento. Visité la ciudad con un propósito ajeno a las reliquias y debo reconocer que poco me preocupó entonces el estado de sus restos. De cualquier posible pesar por la destrucción, me protegía la ignorancia de su historia, o, más bien, mi desinterés en ella. Bajo la bóveda gótica todavía en pie me sentí como ante un descubrimiento arqueológico; la desaparición del inmenso resto de aquella construcción, sin duda ejemplar, no me provocaba lamentos; la atribuía, sin pensarlo, al tiempo, no a un hecho súbito. Al culpar de su deterioro a los siglos, encontré hermosas sus ruinas, su desmoronamiento me resultó natural. Cuando, mucho después, me enteré del instantáneo origen de su destrucción, me recorrió un escalofrío de espanto. Su estado me conmovió, me indignó. ¿Cómo es posible que el conocimiento nos vuelva tan irracionales?, me pregunto ahora. La indignación, entonces, no sería ante la belleza aniquilada, sino el horror ante la violencia. Me extrañan razones secundarias, como ésta. Sólo sé que no podré volver a disfrutar, como entonces, las ruinas que contemplé en Caen.

9.

Mi reciente convalecencia, bastante larga, después de una segunda operación de retina, me llevó a una situación de paz que no recuerdo haber experimentado en mi vida adulta y que sólo igualo a aquellos momentos de la niñez en que me postró alguna de las enfermedades propias de esa edad: el sarampión, las paperas. Pero aquella situación, en que las molestias y la fiebre apenas me dejaban levantarme de la cama, fue muy distinta. Ahora, a pesar de una serie de limitaciones, puedo moverme, caminar. Salvo a raíz de algún gesto brusco y descuidado, que me provoca un latigazo en el ojo operado, nada me duele. Incapacitado, eso sí, para trabajar e incluso para salir solo a la calle, dedico los días a escuchar, a dialogar, sobre todo a pensar. No digo meditar, a propósito. No se trata de reflexionar trabajosamente en temas trascendentales sino de dejar pasar los pensamientos más cotidianos, deteniendo si acaso alguno para disfrutarlo más que otros, no para analizarlo. La frase de muchos que me visitan o me llaman por teléfono se repite de manera casi constante: debes de estar desesperado, angustiado en tu encierro. Respondo siempre que sí, precisamente por no discutir, por no alterar mi calma. Es lo contrario. En las conversaciones, en mis pensamientos, en escuchar una pieza de música o una lectura hecha para mí, se me van los días con una felicidad que no recuerdo haber sentido en muchos años. Al cabo, vuelto a una vida activa casi similar a la preoperatoria, soy de nuevo incapaz, por muchos esfuerzos que haga, de lograr una calma siquiera aproximada. Ni aun dormido: al despertar de madrugada, mi primer pensamiento es siempre qué hora es. Ahora, cuando parezco tranquilo, tengo la falsa calma del león al acecho. Los mismos a quienes antes preocupaba mi posible aburrimiento se alegran de verme: he vuelto a la sociedad, a la vida productiva. Es cierto, me gano el sustento. En eso consiste mi productividad. No tuve en cambio oportunidad de que mi etapa previa llegase a dar fruto.

10.

En un ensayo sobre la obra de Ramón Alejandro, Severo Sarduy dice que los cuadros de este pintor presentan una arqueología previsible. Yo veo esto, en cierto modo, al revés. Esos monumentos de piedra bruta, pero perfectamente equilibrada en una cuidada arquitectura, me parecen obras recién concluidas, aunque vacías e inútiles, para un mundo deshabitado. Sin embargo, la vegetación, algo antediluviana, del paisaje, sugiere que esto no será siempre así. Algún día, ese equilibrio cederá. Las piedras, gastadas, caerán. El ajustado edificio se volverá caótico derrumbe. Será entonces cuando el paisaje cobre vida; en ese momento, esas piedras, desmoronadas, se animarán. La gente comenzará a acurrucarse entre los resquicios aún en pie. La perfección anterior que sostenía a los edificios habrá desaparecido; las piedras estarán colocadas precariamente unas contra otras por nómadas que al fin encuentran en ellas un albergue primario, como una caverna. Y será entonces, en esa edificación desbaratada, donde florecerá la vida. Como si al revés de lo ocurrido, su pasado fuese ruinoso y su presente deliberado. Lo mismo pasa con otras pinturas de Ramón, más recientes, donde cerca de esos edificios, o sustituyéndolos, la tela se cubre de enormes frutas, algunas cortadas, mostrando la pulpa. A pesar de este corte, que supone intervención humana, también ahí parece ausente la vida. Ante estos cuadros, también pienso que en un futuro, cuando esas frutas suculentas maduren y se pudran, ese paisaje deshabitado se llenará; en este caso, de toda clase de insectos y gusanos que, voraces, agujerearán la fruta, la harán pedazos con los surcos abiertos en ella por sus mandíbulas. La arqueología es previsible, efectivamente; sólo que pasado y futuro han sido vueltos del revés.

II.

Después de mucho sopesar, de mucho calcular el tiempo disponible, la duración de los viajes y las cosas a ver, y de oponer el deseo de ver mucho al de verlo bien, opté por sujetar mi proyectado viaje a un recorrido concentrado. Descarté primero Roma, cuya magnitud me abruma, sólo de pensar en ella, para unas vacaciones de tres semanas; dedicarle, como me sería posible, unos días, sería caer en el más desdeñable turismo. La vería con prisa y saldría de ella disgustado y confuso; con esa sensación final, terminaría por detestarla. Cayó luego Florencia. Unirla, en un mismo viaje, a Venecia, resultaría en una imagen final descompuesta. Como tratar de admirar y entender, en un mismo aliento, a Rafael y a Veronese. Y aunque todo esto no sean más que simplezas de extranjero, con ellas mi viaje a Italia se transformó en un viaje a Venecia. Por otra parte, no me conformaba con ir por primera vez a ese país y conocer sólo una de sus ciudades. Habría que encontrarle un apéndice a Venecia. De ahí, creo, aunque no me siento capaz de asegurarlo del todo, surgió Ravenna. Un simple salto de fin de semana, un paréntesis. Imposible detallar que pasó después; lo desconozco, aunque ocurrió dentro de mí. En poco tiempo, las cosas se volvieron del revés. No fue el cambio cosa de un día. Pero una tarde, pensando en mis planes, comprendí que mi proyecto inicial no era ya el mismo; al contrario, estaba boca abajo. Claro que a Venecia no podría corresponder un simple fin de semana; preferible descartarla del todo antes que planear semejante carrera. Pero aunque le dedicase más días que a Ravenna, había dejado de ser la meta principal de mi viaje, se había vuelto el apéndice. Al principio me pareció un desatino mío. Luego lo fui entendiendo. Entre la más hermosa y admirada cortesana, y una mujer distante, reservada, más lógico es el deseo de conquistar a la segunda. Paradójicamente, Justiniano, el gran constructor de las iglesias de Ravenna, prefirió a la primera, a Teodora, y la perpetuó en uno de los murales del ábside de San Vital. Yo escojo a la segunda, a Ravenna.

12.

Teodorico tiene mala suerte con la historia. No es que la historia lo trate mal, cosa de todos modos cierta. Pero esas injusticias son frecuentes y no tienen importancia. El ejemplo es otro: Nada más execrado que Atila y todos lo recuerdan con asombro, como a un prodigio; la situación de Teodorico es distinta, peor: diversas coincidencias conspiran para tratar de borrar su nombre, o mejor dicho: para tratar de convertirlo en un ausente. En nada se nota esto tanto como en las circunstancias de su palacio: dedica gran esfuerzo a construirlo y no llega jamás a habitarlo. Ese edificio queda sin su huella y luego es sucesivamente saqueado hasta que, como colofón de su marcha hacia el anonimato y la desaparición, Carlos el Grande se lleva a Aquisgrán, como trofeo, la estatua del Rey. En su época, como si el propio Teodorico hubiese presagiado su muerte anticipada, el palacio queda para siempre representado en un mural como una fachada vacía, unas arcadas desiertas, donde, para colmo de soledad, cualquier posible presencia viva queda oculta por las cortinas colgadas bajo cada uno de los arcos exteriores. Ésa es la representación del palacio que, bien conocida, aparece en los mosaicos de San Apolinar. Nueva desgracia de Teodorico. Este gran templo al arrianismo construido por él en Ravenna se lo apropia su peor enemigo, Justiniano, y queda para siempre como santuario de la ortodoxia, como monumento al triunfo de ésta sobre la herejía amparada por los godos. Esta fatalidad, esta tendencia al desvanecimiento, persigue a Teodorico, tanto en los hechos grandes como en los pequeños. Ramón Alejandro, ya lo hemos visto, lo confunde. Ha estado en Ravenna, ha visto su mausoleo, y así y todo, cuando lo rememora y me lo describe, confunde su nombre y me habla de Ala rico.

13.

Al desprenderse, mis retinas se dañaron. El resultado es que mi visión es imprecisa, aunque no borrosa. Veo como cuando se abren los ojos al nadar bajo el agua. Además, hubo algo, no sé si el nervio óptico en su entrada al ojo, que abrió boquetes similares en las dos retinas cuando éstas cayeron, llevándose un segmento de visión. Y ahora, cuando el médico asistente dibuja un esquema del fondo de mis ojos, preparando un informe al cirujano que me operó y que vuelve a examinarme, su diseño parece una caricatura: cada uno de los círculos que representan a los ojos tiene dibujado en su interior un punto negro –la rotura de la retina–, y estos dos puntos se miran, descentrados, como las pupilas de un bizco. La consecuencia de estas roturas es que tengo un punto ciego en la visión. Cuando lo digo, la gente se imagina que al mirar, veo una mancha negra, un punto de oscuridad, que me obstruye de manera permanente una zona de la visión. Algunos, por mucho que lo disimulan, se estremecen al escuchar eso de punto ciego, pues lo suponen oscuro. No es así. La realidad no tiene nada que ver con esa zona de sombra que imaginan. La totalidad de mi visión esta llena de imágenes, como la de cualquiera. El punto ciego crea efectivamente una ausencia pero esa ausencia, como el vacío, no es tolerada por la naturaleza. Ese espacio no visto queda bondadosamente cubierto por otra zona de la imagen, que se desdobla, como un pudoroso vestido, sobre el segmento para mí invisible. No sé cómo esto es posible; pero lo aprecio a diario y hasta me entretengo, juego con ello. No existen ya para mí, por ejemplo, las líneas rectas. En algún momento de su recorrido –el del punto ciego–, el fuste de una columna queda roto, como si le hubiesen desprendido una cuña de su mampostería. Pero ese segmento no está a oscuras; por él se ve el paisaje que hay detrás, proyectado por el ojo hacia esa rotura, como si ésta realmente existiese. Si, consciente o no, alejo la mirada de la columna, pasa al revés: a ésta le brota un bulto hacia afuera, como si un albañil incapaz le hubiese adosado una paletada de más, y la hubiese dejado ahí, sobresaliente como un grano; el paisaje, que antes penetraba en la columna, queda ahora obstruido por la proyección de ésta hacia afuera. En otros casos, la huella del punto ciego es más notable: el marco se introduce en la superficie de un cuadro, ocultando parte de la pintura; o, lo que resulta mucho más raro y que sucede al mover los ojos, cuando se trata de quitar de en medio ese molesto obstáculo, parte de la tela, un color verde, por ejemplo, se desborda sobre el marco, como si un pintor experimental, deseoso de romper la tradición, hubiese pintado ese retazo de más y lo hubiese clavado por encima del marco. Pero cuando más se nota la irrupción del punto ciego es al leer: a cada palabra le faltan, a medida que la vista avanza, una o varias letras; éstas van apareciendo, como si un prestidigitador las estuviese sacando, mediante uno de sus trucos, de debajo del papel blanco, a medida que la pupila se desplaza hacia la derecha. Con el rabillo del ojo noto, intuyo casi cómo algunas letras ya leídas van desapareciendo a su vez hacia la izquierda. Hay que leer armando la lectura, organizando sus fragmentos. ¡Y pensar que todo esto lo veo con mis propios ojos!

14.

Próximo ya mi viaje, voy a la biblioteca pública en busca de libros que puedan ayudarme a planear mi recorrido. Como pasa casi siempre, la mayoría están prestados. Descubro de todos modos una guía de Ravenna que, desde el momento de abrirla, sé que será mi favorita, aunque sus reproducciones sean en blanco y negro. Pero son muchísimas, como una guía gráfica de la ciudad. Al final tiene incluso, y esto me resulta de una ingenuidad prometedora, fotos de los alrededores de Ravenna, cuya vejez se nota de inmediato. Son de una simpleza inesperada; nadie muestra hoy día, en ningún libro, de viajes o de lo que sea, fotos tan exentas de ambición, donde el paisaje es de una pobretona sencillez; presentado, no para cortar el aliento sino para enseñar un lugar y dar ganas puramente de pasear por allí, de caminar una tarde por él con el abandono de los sitios conocidos; de sentarse cerca de esos lagunatos y esos canales, a sentir su humedad —ésta, sí, muy bien retratada, palpable—, el rumor del viento entre esos pinares, famosos por sus lazos con las historias navales de Roma y Venecia, aunque nada colosales. Recorro, antes de leerla, las fotos de la guía, divididas siguiendo las etapas andadas por la ciudad. Sus monumentos, por fuera y por dentro; casas, calles, plazas. Me voy familiarizando con esos objetos y lugares: palacios, urnas funerarias, bajorrelieves, menos conocidos que las grandes iglesias y sus mosaicos, o que las obras más antiguas: el mausoleo de Teodorico y el baptisterio de Gala Placidia. Algunos no los he visto en otra parte. De pronto, al cabo de días, me viene una idea que estúpidamente no me había surgido antes. Voy al principio del libro, consulto su fe de edición: se publicó en 1927. O sea, es inevitable: algunas de esas obras, incorporadas tardíamente, a partir de este libro –cierto que como cosa secundaria– a mis planes de viaje, no existen ya. Ha habido una guerra de por medio, la más destructora. La iglesia de San Juan Evangelista, ¿estará en pie? Busco la enciclopedia y ésta menciona gran destrucción en Ravenna en 1944. No importa. Me concentraré en mi meta inicial, los mosaicos. Evito averiguar qué se conserva intacto y qué ha sido reconstruido o renovado en Ravenna. No tiene importancia. Sí he decidido que, cuando entre a San Apolinar, lo haré por la parte derecha de su escalinata, pues sé –lo sé gracias a la vieja guía; los libros más modernos no lo mencionan– que la izquierda, igual que un trozo de la fachada de ese lado, fue destruida por una bomba austriaca en el 16.

15.

Ramón Alejandro lleva rato hablando maravillas de su reencuentro con la luz de los trópicos, con el brillo del sol; menciona con desdén y miedo la vuelta a París, al frío (estamos en abril), a los cielos grises. Estoy tan acostumbrado a estos lamentos de quienes vienen de latitudes al norte, que no discuto. Sus entusiasmadas palabras me reavivan el deseo de escapar de este lugar, donde es imposible disfrutar con certidumbre de contornos o colores: la luz encandila y obliga a entornar los ojos, a cerrarlos casi. Se camina adivinando las cosas entre las pestañas. No hay gran diferencia entre lo que ven los ojos sanos de los demás y los míos enfermos. Ramón habla de sus ganas de venir al trópico a pasar una temporada trabajando y de sus deseos de disfrutar de esta luz; habla del azul del cielo y de las aguas azules y de pronto, como sacándose el tema de la manga, se vuelve a mí y me dice: «Hay que seguir estos impulsos. Tú quieres aprovechar lo que te queda de vista para ver las cosas bellas de Ravenna». Tan sincero es, que descubro, por su manera de decirlo, hasta qué punto me vaticina una próxima ceguera. Me agrada ver que no toma nada a lo trágico esta posibilidad, aunque la considere inminente. La acepta como un azar más, y me imagina, ya ciego, disfrutando por dentro del recuerdo, se diría que el último, de mi viaje a Ravenna. La amistad que su optimismo desborda me hace feliz. A la vez, no estoy tan seguro como él de sus palabras. No lo he dicho pero con frecuencia temo que mi viaje, con todas sus posibles bellezas, no sea más que una ilusión. A veces me asusta la idea de emprenderlo, por no echarlo a perder; a veces sospecho que la ilusión de ese viaje pueda ser, esté siendo, mucho más hermosa, más capaz de saciarme, que la realidad misma. Imagino, por ejemplo, algunas posibles torpezas: esos murales, bastante al alcance de mi vista cuando los contemplo reproducidos en un libro, quedarán demasiado lejos, fuera de mi foco, cuando trate de contemplarlos de pie en la catedral. Me veré obligado a usar prismáticos para verlos con nitidez, teniendo que optar entre un todo borroso o fragmentos precisos. Quién sabe si me defraudarán las calles de Ravenna, medievales en mi imaginación por culpa de ese manual de entreguerras descubierto en la biblioteca; si soportaré sus ruidos, sus guías, tantas cosas inesperadas, tan distintas a lo que me represento ahora, a solas en mi cuarto, en mis anticipaciones de Ravenna. Mucho ha elucubrado nuestro siglo con los sueños, con su valor y la parte que les corresponde dentro de la realidad de nuestra vida. Poca importancia se ha dado en cambio a la ilusión; se la sigue considerando, como pasaba antes con los sueños, puro humo, y si se la vive de manera excesiva, material del desarreglo mental, posible umbral de la locura. Pero yo vacilo. En mi vida, ¿no será componente esencial la ilusión de Ravenna, y no el viaje a Ravenna? Temo además haber creado, en esta ilusión mía, una Ravenna que aglomera los distintos tiempos de Ravenna, sus momentos descollantes, y temo llegar allí y sufrir eso que definimos con una palabra sin entender su tremendo alcance: una desilusión.

16.

A pesar de que he colocado delante una pantalla para atenuarlo, el brillo que despide hacia mis ojos la computadora con la que trabajo a diario es intenso, un fulgor donde se combinan el azul zafiro del fondo y el dorado de las letras y los símbolos. Este resplandor del aparato, del todo evidente cuando, por alguna razón, las luces del techo de la oficina se apagan, recuerda un poco el de las piscinas tropicales, que al mediodía parecen lanzar en derredor rayos de un azul algo verdusco. A esos rayos atribuí inicialmente el desprendimiento de mis retinas. Ahora no sé qué pensar. Lo considero un factor contribuyente, sin duda, pero ya no estoy tan seguro de creerlo decisivo, de que no sea uno entre otros. Decisivo o no, algo tuvo que ver, es innegable. Por suerte, mi computadora tiene un comando que aumenta mucho el tamaño del texto. De otro modo, no podría trabajar con ella. Tendría que acercarme demasiado, pegar los ojos a la pantalla. Ni este aumento basta a veces; dudo: ¿es una a o una e? Acerco la cara a la pantalla para asegurarme y siento cómo el fulgor de la máquina, así de cerca, me quema los ojos; casi me parece escuchar dentro de ellos un ruido de fritura, como el que hace la clara de huevo al caer a la sartén en el aceite caliente. Me alejo enseguida, asustado. Continúo trabajando lo más lejos posible de la pantalla, leyendo, adivinando un texto. Lo más paradójico de mi situación no es que siga apegado a una rutina probablemente peligrosa para mi vista. Al fin y al cabo, creo conocer los peligros de esta labor y ya me las sé arreglar para sortearlos en lo posible. Lo realmente absurdo desde un principio, cuando todavía mis retinas estaban en su sitio, es haberme dedicado a este oficio periodístico, antítesis de mis proyectos anteriores, de mis convicciones más profundas. Todos esos acontecimientos a cuya elaboración para el lector me dedico a diario, me parecen superficiales, banales; dedicarse a seguirlos, a analizarlos, el colmo de la tontería. Un empeño tan pasajero como indica el que nadie se interese, como no sea con afanes de recapitulación, en un periódico viejo, incluso del día anterior. Nada hay en él que valga más de veinticuatro horas. Pero esta convicción se ha vuelto ya bastante común; menos común es que la tenga alguien de la profesión. Llego más lejos: tampoco creo en el valor de esos libros o esas tesis donde se intenta dar coherencia, rumbo, explicación más o menos convincente, a acontecimientos esparcidos en un tiempo a veces vasto, no importa la escuela o la ideología de la cual nazcan. En una palabra: desconfío de la historia y de sus tratados. Miro atrás, apenas un poco atrás, y enseguida veo (o me parece ver; hablo, en definitiva, de mi punto de vista) cómo tesis, en su día flamantes y saludadas como inexpugnables, han envejecido muy aprisa; han dejado ver, entre sus costurones, hasta qué punto reproducían sin mucha originalidad los conceptos más en boga en su momento. Son como probetas usadas de un museo de ciencia. La misma explicación mía delata el defecto: hablar, por ejemplo, de tiempos superados, indica que en estas cosas falta siempre algo de sustento. Cuando de conceptos o cosas sólidas se trata, el paso del tiempo no hace mella; al contrario, cimenta. Ésas son las cosas que siempre me atrajeron: las imperecederas, sean obra de la conciencia o de las manos, una creencia o una catedral. No es pedantería. No renegaría jamás de los cientos y miles de horas dedicadas al deporte, a la jarana, a nada. No lamento ningún rato perdido. Sí me pesa en cambio que mi labor sea, como lo veo, labor perdida. No me disgustaría entretenerme, así fuese horas, viendo a alguien que intenta llenar de agua una cesta de mimbre, contemplar su inútil bobería; al menos me preguntaría por qué lo hace. Me molesta en cambio ser yo quien se dedica a llenar la cesta. Y así me siento, desde hace veinte años. Ahora, para colmo, ante estos rayos de un azul esmaltado, como de una joya de fantasía, que siento arañarme las retinas, intentando desplomarlas.

17.

El «detente» de Fausto representa su decisión de engancharse para toda la eternidad a un instante espacio–tiempo, como quien toma un tranvía en marcha. Esa decisión, momentánea y primordial, la tomamos a diario. Como Fausto, ignoramos sus consecuencias; a diferencia de él, no entendemos su trascendencia; no notamos que en ella nos va, o por lo menos puede irnos, la perdición o la salvación, de la índole que sean. Ese «detente» es para Fausto un instante de absoluta ambivalencia, sobre el que he oído muchas versiones. Por encima de su pacto con el diablo, en virtud del cual, de dar el alto, se perderá, Fausto se salva cuando, superando cualquier presentimiento, decide asirse al momento fugitivo. Como escuché decir una vez: Fausto se salva dando el paso que lo condena; o: Fausto, al ordenar al instante que se detenga, piensa estar profiriendo su condenación eterna, y no le importa: prefiere disfrutar del éxtasis que se le brinda. Pero como, por encima del pacto con el diablo, es decisión de Dios salvarlo, sólo Dios sabía que ese éxtasis de Fausto podría arrebatarlo al infierno. Yo interpreto la contradicción de esta manera: con su «detente», Fausto rechaza la eternidad de momentos sucesivos que le representa continuar junto a Mefistófeles, y a esto prefiere la eternidad como perpetuación de una beatitud. O sea, el concepto de eternidad espiritual frente al de eternidad materialista. Por otra parte, concebir la apoteosis de su salvación como el ingreso a un nicho de beatitud tampoco traiciona el concepto de Fausto como sabio siempre en pos de niveles más elevados de perfección, sus anhelos de dinamismo incesante. Los santos pueden mantener en sus nichos de las iglesias una actividad incesante, como atestiguan los pies de algunos, desgastados por siglos de caricias, convertidos en muñones por la devoción de los fieles, que no paran de acudir a ellos, solicitándoles milagros.

18.

Mi enfermedad causa un choque diario consuelo–desconsuelo. Siento la vista tan en peligro que a cada despertar, cuando abro los ojos y veo que veo, siento un alivio, una felicidad intensa: ¡un día más de visión! Al mismo tiempo, descubro que la memoria es visualmente perfecta: las imágenes no se recuerdan deformes, como las veo, ni las letras de los libros borrosas. En los recuerdos, todo es preciso. Si sueño, mi cerebro hace lo mismo: así sea una horrorosa pesadilla, las imágenes se ven con absoluta nitidez. Por eso, cada mañana, después de la alegría inicial, siento desaliento al mirar por primera vez a la calle: la veo peor; al leer: leo peor. No es cierto; es igual que ayer. La diferencia es con el recuerdo. He empeorado en relación con las imágenes de mi memoria.

19.

Al fin, Ravenna. Voy directamente a San Apolinar; dejo para luego el disfrute de casas y plazas, que no quiero mirar ni de reojo. He decidido no distraer por ahora la atención de mi meta: los mosaicos; como si un helicóptero me hubiese depositado en el atrio. Me espera una brusca sorpresa. Las calles, adivinadas a pesar mío, corresponden a lo previsto: es la ciudad de la dulce muerte evocada por un poeta. Pero al entrar en la iglesia, donde esperaba aun más calma, aunque no mortandad, pues ésta quedaría rota por la vivacidad de los mosaicos, me asusto. La nave de San Apolinar está tan concurrida como un mercado, y con el mismo escándalo. Nada de ese silencio respetuoso de las iglesias, cuando sus fieles se han distanciado internamente de ellas y las visitan sólo para las ceremonias. Al contrario; el vocerío, muy grande, es amplificado por la solidez de los muros, la amplitud de los techos. Hay de todo, como si el pueblo se hubiese vaciado allí; lo que se llama una congregación. Varios jóvenes de aspecto estudiantil conversan cerca de mí, próximos a la entrada y dando la espalda a los altares en un gesto de provocativo rechazo, como si se hubiesen refugiado de un aguacero y quisieran demostrar que no visitan el templo por creyentes sino porque les resulta conveniente ese abrigo. Aquí y allá, sentados en el suelo y apoyados casi todos en una de las frecuentes columnas, descubro vagabundos, vestidos con trapos tirados unos encima de otros, cuya única función es proteger el cuerpo de la intemperie; tienen esa mirada dócil de los borrachos callejeros y podría pensarse que ocultan entre sus trapajos alguna botella a medio tomar. Entre dos de ellos pasa una mujer, acompañada de una jovencita y de otra mujer que, por la manera en que la sigue a un paso de distancia, parece su sirvienta. La señora, rica por su ropa y sus gestos, camina entre los vagos con la despreocupación y, al mismo tiempo, el cuidado, de quien cruzara charcos. Trata de no ensuciarse su vestido blanco, adornado con cintas doradas y azules; ropa que, de no ser por su lujo evidente, podría parecer ridícula: tiene un corte demasiado arcaico, algo de disfraz; como si la mujer pretendiese pasar por dama antigua. Más allá, diseminados ante el altar por una nave carente de bancos, el pueblo entero. Muchos siguen el oficio con reverencia; otros lo hacen con menos atención, y otros pasean, van y vienen entre la gente de pie o arrodillada, con actitud de ser ésta su casa de todos los días, un lugar familiar al que vienen como a un sitio propio, prefiriéndolo a la plaza, al ateneo o a la taberna, pero con el mismo desenfado que en cualquiera de éstos. El bullicio alterna: a veces domina la oración; a veces ésta se calma, y prevalece sobre el rezo la charla indefinida de curiosos o visitantes. Pienso que esta multitud debe ser una excursión religiosa, venida de un solo pueblo. En vez de esa conversación políglota de los lugares turísticos, escucho un solo idioma, que desconozco. Este gentío y el oficio me impiden acercarme a los mosaicos, que vislumbro a lo lejos; ni pensar en concentrarme en ellos. Sin embargo, no lo lamento. Este acto tan popular da al lugar una vida que, estoy seguro, no se perderá luego, cuando quede más vacío y me dejen en el templo con los murales. Al contrario, realzará éstos, lavándolos de cualquier dejo posible de museo que hubieran podido tener, de encontrar desierto y en silencio este lugar. De entre dos columnas sale un hombre con un hábito extraño. Me mira; viene hacia mí, como si me conociera. Al fin llegaste, me dice.

20.

Entre las computadoras, al parecer aptas para variaciones casi infinitas, y lo bizantino, al parecer clavado en su hieratismo por más de un milenio, hay una relación inversa parecida a la que expresan las pinturas de Ramón Alejandro. El transcurso de lo bizantino implica, desde sus iniciales luchas ganadas contra arrianos y monofisitas hasta su caída final frente al Islam y su propio deterioro interno, un tejido de infinitas variaciones cuya engañosa repetición aparente se debe a que siempre quedaron cobijadas bajo la mole celestial y única de la basílica y su cúpula. La electrónica es el engaño contrario: sus variaciones parecen infinitas pero sus razonamientos, guiados siempre, programados –no es vana la palabra– hacia la solución, no más pura ni lógica sino más pragmática y rentable, tienen una constante, un insistente denominador común. Basta rascar un poco su superficie para descubrir un pensamiento estereotipado. Una vez computadorizados, el misil y la cámara fotográfica razonan igual. Se trata, evidentemente, del mismo concepto contenido en la pintura al revés de Ramón Alejandro: la perfección está deshabitada; la ruina, en cambio, conserva, trae consigo, la vida.

21.

Se vuelve y lo sigo, sin la menor perplejidad. Si acaso algo me extraña es no sentirla. Me guía entre la gente, fieles e infieles. Comprendo, sin palabras. Las piedras del pavimento no están gastadas; las columnas relucen. Sé dónde estoy y esta comprensión me empapa de alegría. Es Ravenna, pero en el tiempo de su apogeo. Al traspasar el umbral de la iglesia –quizás antes– he entrado en la magnificencia de Ravenna. Entender esto me llena de gozo, no me asusta en lo más mínimo. Mi guía lo sabe; disfruta mi regocijo y me lleva a dar un recorrido ante los murales. Delante tengo, al fin, el esplendor laqueado de Ravenna: cielos de azul intenso, añil; prados verdes, de un esmeralda reluciente; dorados con esa mezcla de refulgencia intensa y opacidad mate característicos del oro legítimo. No estoy acostumbrado a esos colores brillantes en las paredes; es como si estuviera en el interior de una tienda beduina, con sus telas de colores atravesadas por el sol. Descubro los paneles de la vida de Jesús y compruebo que, desde su creación, carecieron de Gólgota. Espero descubrir pronto por qué. Otra novedad: mi guía, dedicado únicamente a llevarme de un lugar a otro, sin hablarme ni recitarme letanías, me está mostrando, en este solo espacio, los murales de las tres grandes iglesias de Ravenna. Con unos pasos dentro de la misma nave pasamos de San Apolinar a San Vital, de los mosaicos que representan el palacio de Teodorico a los que muestran la Transfiguración. La sucesión de maravillas me divierte, como si el espectáculo estuviese dirigido por un mago juguetón. Es algo espléndido. Frente a los mosaicos, resulta posible comprender un poco la perfección celeste proclamada por los creyentes, entender sus deseos de pasar, sin temor a una extinción por hastío, a la eternidad. Además, los mosaicos, a veces tan brillantes como para dar la impresión de ser la labor de un joyero alucinado, que se hubiese dedicado a incrustar en estos muros lo mejor de su tesoro, me proyectan siglos adelante. Comprendo su peso futuro; entiendo cómo, por encima del tiempo, semejante obra no podrá quedar olvidada. A pesar del inmenso paréntesis de la Baja Edad Media –la llamamos baja; me pregunto si ese difuso anonimato sin patrias ni apellidos no ha sido una de las cumbres vividas por el hombre–, los mosaicos fueron resucitados, gloriosos, por el gótico. Ese celoso afán por encontrar la manera de perforar las paredes de los templos, de abrir en ellos ventanas donde colocar los iluminados murales que llamamos vitrales, no es sino el incontenible deseo de volver a encontrar, como sea, esta gloria de luz, este radiante hervidero de color que estalla en el interior de los templos bizantinos. Nimbos de oro mate, fondos pardos; rostros con una variedad de matices rosáceos insospechada hasta no verla; prados verdes y cielos azules, superiores a los del día más espléndido. Al cruzar de una nave lateral a otra, alzo la vista y distingo, entre los murales y las columnas de capitel ornamentado, a las mujeres. Se congregan en lo alto; el nivel principal, donde estoy, queda reservado a los hombres. Allá está, con las otras, aquélla que vi pasar entre los mendigos, junto a sus dos acompañantes. Los colores de sus adornos las confunden con los mosaicos, como si en esos espacios ocupados por ellas en la galería, los murales cobrasen movimiento. Entonces sí me asusto;

al notarlo, se me aflojan las rodillas; las veo claramente, a pesar de la distancia. Mi vista es de nuevo perfecta. Ni siquiera como antes de la operación; ha vuelto a ser como en la niñez. No sólo las imágenes son precisas sino las líneas son rectas. El fuste de las columnas se dibuja de un solo trazo vertical. No puedo evitarlo. Esta visión me da tanto miedo como si de pronto pudiese elevarme y volar. No sé explicarme lo sucedido, si considerarlo milagro religioso o atribuirlo a la contemplación de la belleza; creerlo obra de San Apolinar, el santo, o de San Apolinar, el templo; o aceptarlo como una ilusión, que se desvanecerá al dejar el templo, al dejar Ravenna. Mi guía me distrae con una proposición. Me indica una esquina de la galería elevada, uno de sus extremos: un recoveco oculto por un pilar y el muro que cierra el triforio. No sé cómo me lo comunicó, pero lo supe: si lo deseo, puedo subir a esa esquina, situarme allí, en ese nicho, para siempre. Allí me esperan un lugar con cosas mías y una tarea. Lo único que sé de ella, pero basta, es que me dedicaré a desentrañar algo, sin intervenciones ni premuras, por mí mismo. A darle vueltas, enredarme como mejor me parezca en mis pensamientos, extraviarme en elucubraciones, volver mil veces, si quiero, a un mismo punto de partida. Continuar y elaborar nuevas incógnitas. Una labor bizantina. No me burlo. Pienso en los mosaicos de mil años y recuerdo que en mi tiempo, aquél del cual vengo, consideramos un triunfo haber durado los últimos diez años. En cambio, esta gente bizantina que tanto desdeñamos, de tanto ensayar la eternidad, se quedó en ella. Allá en lo alto me espera, placentero, mi sitio. Mi guía me lo indica de nuevo. El lugar está señalado por una luz, un fulgor cálido. Lo vuelve apetecible: un espacio mío donde me sentiré entronizado, donde podré pasar los días y las noches, sin fin, de donde entraré y saldré a voluntad; donde dormir o no, comer o no, pensar o no, será asunto mío. Mi sitio, sin alteraciones ni sobresaltos, para siempre. Al cabo de un rato de bienestar, en que disfruto por anticipado de esa paz, descubro algo en la luz, en ese destello que me espera para consagrar mi labor y a mí mismo, como si un aura similar al nimbo de los santos estuviese desde siempre en ese rincón, a la espera de colocarse sobre mi cabeza, igual a las innumerables que a mi alrededor coronan en los mosaicos las cabezas de Cristo y de los santos, hasta de Justiniano y Teodora. Noto el color del fulgor: su luz combina, en destellos a la vez fragmentados y continuos, como de dos llamaradas entremezcladas, el azul y el dorado, brillantes, deslumbrantes, iguales a los de los mosaicos del ápside de San Vital. Llaman, me piden que vaya, que suba y me acomode de una vez en ese lugar mío; que me disponga a pasar allí, sin reparos, el tiempo que sea. Más bien sin noción del tiempo: una vez situado en él, igualado todo, serán lo mismo los minutos que los siglos. No me enteraré de su paso. Entiendo, sin espanto, la eternidad. Al momento siguiente, la quietud se quiebra, como un vidrio que se hace astillas. Descubro, con una sacudida, otro aspecto de esos colores del fulgor: no sólo son iguales a los de los esmaltados mosaicos sino, también, al azul zafiro y el dorado de la computadora ante la cual trabajo hace años. Ese brillo que detesto y que siento comerme los ojos. Obligado por las deficiencias de mi vista, le doy a la computadora un poco más de brillo que mis compañeros de trabajo y el azul llega a tener ese destello encendido de los colores acrílicos. Igual es la luz que brota de mi nicho. Como si la computadora hubiese sido una anunciación de este momento o como si esos dos colores fuesen tan míos, desde siempre y para siempre, como mi nicho, dispuesto allá arriba. Dudo entonces, puesto ante la opción de subir a mi rincón o seguir viaje, continuando mi vida como hasta ahora hasta su final, de que se me ofrezca, realmente, una opción. De que esto sea posible en una vida. ¿Se abren dos cosas distintas ante mí o dos variantes de lo mismo? Sigue el brillo, refulgente; no como el de un farol sino igual al que la pintura clásica atribuye a las piedras mágicas de los brujos; o como el que, visible en una habitación a oscuras, brota de la pantalla de un televisor encendido. Ambos son distintos a la luz del farol: sus límites llegan a muy corta distancia y resultan bien precisos; se diría que el extremo de sus rayos puede tocarse con los dedos. ¿Qué hacer? Se espera de mí una decisión. Debo escoger, y de una vez. Sé más: la opción es tajante. Si no subo ya, las posibilidades de ese nicho, su existencia, desaparecerán, en cuanto a mí se refiere, para siempre, desde siempre. ¿Por qué no le echo mano, de inmediato, a esta oportunidad, a esta oferta de calma que se me hace? Por lo menos de algo estoy convencido: no habrá sitio allí para la fealdad. Entonces, ¿qué me pasa? ¿Estoy en una etapa tan primaria como para recular por miedo a lo desconocido? No; debo aceptarlo, aunque me resulte incomprensible. Me sobrecoge el temor a una existencia invariable, sin riesgos ni exuberancias, sin sobresaltos. Me asusta algo que he ansiado, al tenerlo delante. Frente a esa esquina invisible y refulgente de la catedral, frente a ese destino ofrecido como un viático beatífico, me asusta el horror a la quietud. Mi mente da un vaivén. Comprendo lo que escojo al rechazar ese sitio. Volveré a la labor de registrar la noticia; de vivir, dentro y fuera de mi trabajo, en lo pasajero, la contingencia. Dejaré atrás la basílica y la luminosidad de los mosaicos y volveré definitivamente a las luces electrónicas de mi computadora, a esa pantalla de brillo fantasmal y letras discontinuas, hechas de puntos luminosos. Éste es el mayor horror: no se trata de enfrentar la opción ni de escoger una u otra cosa sino que, como todos los hombres, me equivoco de ambas maneras. Como todos, que en algún momento decisivo, hasta el de la muerte, saben que escogieron mal y peor aún: que la vida no les ofrecía más remedio que escoger mal. El escalofrío que me sobrecoge es tan mortífero que caigo al suelo, golpeándome contra las pulidas piedras, con un desaliento tan grande que siento vaciarse mi mente, como si la confusión desbaratase la posibilidad de toda idea y éstas, pulverizadas, escapasen de mi cerebro, dejándome el cráneo hecho un cascarón vacío. Esto me llena de un terror tan fuerte que continúa, una vez despierto.

22.

Jung visitó Ravenna dos veces y en el segundo viaje, según nos dice, le añadió a la ciudad un elemento inexistente. Sin embargo, leyendo sus memorias, se descubre que a pesar de la importancia de esta visión, Ravenna no fue para Jung sino una etapa de un viaje cuya culminación no llegó nunca: esta culminación era Roma. Él mismo cuenta: «Había viajado mucho en mi vida y mucho me habría gustado ir a Roma, pero sentía que no estaba a la altura de la impresión que esta ciudad habría hecho en mí». Visitó Ravenna, visitó Pompeya, visitó otras ciudades y otros monumentos italianos, pero Roma quedaba siempre para después. El capítulo, titulado Ravenna y Roma, concluye: «En mi vejez quise reparar esta omisión, pero me atacó un desmayo cuando compraba los boletos. Después de esto, los planes de viajar a Roma quedaron descartados de una vez y para siempre». Lo vemos: el viaje de Jung a Roma es como una serie de círculos concéntricos que no terminaron, un asedio trunco.

23.

Escucho clavetear al vecino de la precaria casucha del fondo y sé que, acuclillado como si estuviese en Calcuta, construye una jaulita para sus pollos, mientras fuma y escucha un bolero: «… dejo el lecho; me acerco a la ventana; contemplo de la noche su esplendor…» No puedo aceptarlo: algo tan vivo, tan palpable, ¿un sueño? Recojo del suelo un zapato; lo miro, lo huelo. Es el polvo de siempre. No hay en él trazas, las que sean, de mi viaje. Revuelvo las sábanas, buscando otras huellas; nada, ni el más mínimo brillo, ni un fragmento de mosaico capaz de refutar que lo vivido fuese otra cosa que un sueño. No es posible; no puedo pensar que tanta felicidad y tanta tristeza, mayores que cualquier felicidad o cualquier tristeza de las que tenga memoria en mis días vividos, hayan existido sólo en mi conciencia dormida, al garete. No, tampoco es cierto. En mi recorrido por Ravenna –no puedo aceptarlo como sueño– ni lloré ni reí. He tenido, por tanto, mayores alegrías y mayores tristezas. Mayores sí, pero no más hondas. Ésa es la diferencia. La manera en que calaron las impresiones de mi viaje, en que siento cómo penetraron en mí, mientras las viví, y ahora, hasta la médula de mis huesos. Eso significa, sin duda, la palabra espiritual, esa interioridad, y por eso es común a crédulos e incrédulos: esa manera de calar, de atravesar superficies, y llegarnos tan hondamente, haciéndonos sentir, en nuestro interior, su presencia física, como si fuesen duendes. Intolerable que, sintiendo así la visita que acabo de realizar y que, ya consciente, recuperado, no cometo el error de llamar prodigiosa, me sobrecoja la duda de haberla vivido o no. Ya es tan parte de mí como mis huesos. Me sirve de pasado y de futuro, como experiencia y como anuncio. En las vueltas de la existencia, pudo o no ser así; podrá o no ser así. Pero no tengo tiempo de seguir elucubrando. Debo poner en orden los papeles: cheques, pasajes, pasaportes. Hacer de una vez las maletas. Voy a verlo todo con lo que me queda de mis propios ojos. Hoy salgo para Ravenna.

El caso de la novia australiana

1.

Hace tiempo leí, no en uno de los relatos de Sherlock Holmes sino en un ensayo donde, como aquí, se le citaba, el célebre episodio en el que el detective desconcierta a Watson al demostrarle, leyéndole literalmente el pensamiento, el pleno alcance de sus poderes deductivos.

La escena, para quienes no la conocen, es más o menos así: Holmes y Watson pasean y conversan después de una cena; se produce en su charla un bache natural, un largo silencio, mientras los dos prosiguen absortos su caminata. Al cabo, Holmes lo rompe con una frase que, por sí sola, carece de sentido, pues supone una anterior de Watson.

Éste queda estupefacto, no ante el non sequitur sino porque Holmes ha acertado; él, efectivamente, pensaba en ese preciso momento, sin haberlo mencionado, en el asunto al que su compañero se ha referido con el imprevisto comentario. ¿Cómo es posible? ¿Eres adivino, Holmes?, se pregunta o pregunta el doctor.

El detective, con esa despreocupada altivez que lo caracteriza y que, de no ser por la compañía y el buen humor de Watson resultaría muchas veces de una insoportable pedantería a la inglesa, explica a su amigo, con exacto razonamiento, cómo nada de mágico ni de vidente hubo en su aparente adivinación. Cómo ésta se basó, puramente, en sus bien terrenales poderes lógicos.

Recuerdo el episodio, su valor. No tengo idea ni del hecho discutido ni del diálogo. Da lo mismo; pudieron ser así: En su caminata, el detective y su amigo escuchan ladrar a un perro y la última frase de su conversación es un comentario banal de Watson sobre el animal. Holmes observa cómo, tras esa rutinaria observación del doctor de que el perro le ladra a las estrellas, los ojos de Watson se vuelven al firmamento, muy despejado esa noche; quizás busca identificar algunas constelaciones boreales. Nada de sorprendente tiene este afán; pocos días antes, los dos amigos pasaron más de una hora contemplando las australes, no en el cielo sino en el mapa celeste colgado tras el conferencista al que escucharon disertar sobre las más recientes observaciones del universo, hechas en la provechosa soledad de Australia. ¿Qué duda puede caberle a Holmes? Los pensamientos de Watson tienen, a la fuerza, que haberse dirigido a la noticia del día: la mujer australiana cuyo marido ha desaparecido a los pocos instantes de desembarcar el matrimonio en tierra inglesa. Al parecer, la mujer no ha dudado del cónyuge; no teme haber sido abandonada por su marido, seguridad que recalca una llamativa frase suya que los periódicos han hecho pública: «No se llevó nada, ni un maletín. Toda nuestra fortuna está segura conmigo». Con su intempestiva referencia a unas riquezas, estas palabras de la mujer pueden verse como un aviso, un anzuelo lanzado a posibles secuestradores. Hace ostentación de su holgada posición económica y con ello alienta a los raptores, si los hay, a pedirle un rescate. ¿Qué otro propósito podría perseguir su imprudente declaración? Es a esta convicción, a esta idea de Watson, formulada sólo en el cerebro de éste, a la que responde Holmes, como un vidente: «Y si no sabían de esas riquezas, ¿por qué el secuestro?»

Siguiendo el procedimiento habitual de Conan Doyle, asombro de Watson y explicación, en dos partes, de Holmes. La primera, la más deseada: cómo le fue posible seguir, paso a paso, los pensamientos de su amigo. La segunda: si la pareja desembarcó después de pasar largo tiempo, quizás la vida entera, en Australia, sólo otros pasajeros del barco o viejas amistades inglesas podrían estar al tanto de que esos dos viajeros cuentan con una fortuna excepcional, invitación al secuestro por rescate. Concluye Holmes, acaparando la boquiabierta atención de Watson: O la referencia pública de la mujer a su fortuna fue a propósito, un indicio a los malhechores, no de que tiene dinero sino de su disposición a cederlo –lo cual, señala Holmes, daría parcialmente la razón a la inconclusa deducción de su amigo–, o el móvil del hecho ha sido otro, distinta la trama.

Este episodio, de tan comentado, se ha vuelto uno de los estereotipos de Holmes; siempre se cita para destacar el arma lógica, la posibilidad de servirse de ella para rastrear los pensamientos de otro. En cuanto a mí, me impresionó y lo recuerdo por otro motivo, más inocente y simple pero que me resulta más atrayente: la posibilidad, insinuada aquí en la estrecha relación Watson-Holmes, de que dos personas alcancen una comunión de ideas tan perfecta como para que sus pensamientos recorran iguales caminos o para que uno de ellos, sin necesidad de palabras, sepa qué rutas siguen los del otro. Esa situación tantas veces representada, banal o hermosamente, por la literatura y el arte amorosos, del diálogo mudo entre los amantes.

2.

Después de tanto tiempo de venirme a veces a la memoria este episodio de la espuria adivinación de Holmes –nada especial, uno de esos recuerdos intermitentes que reaparecen con intervalos de años–, no esperaba coprotagonizar una cadena de pensamientos parecida. Aclaro, para disipar excesivas esperanzas: ni de lejos tan espectacular como lo narrado por Conan Doyle, aunque sí curiosa, y hasta pudiera decir conmovedora, sin miedo a caer en la cursilería. Lo fue; tan personal la siento que dudo en saber comunicarla. Comienza así:

Hemos ido, mi mujer y yo, a un concierto. Es una ocasión excepcional. Es, al fin, Maria Bethania. La escuché por primera vez diez años antes, cuando por consejo de un amigo chileno que vivía en Nueva York, compré un disco suyo. Con ella me pasó lo que otras veces, con un estilo musical, una escuela de escritores, los edificios de una ciudad: el primer encuentro resulta decisivo; lo escuchado, leído o visto por primera vez permanece como lo imborrable y más querido. Por mucho que he escuchado después a cantantes brasileños de su misma hornada ninguno me ha impresionado como ella, ninguno me ha hablado de manera tan personal. Y al enterarme, al regreso de un viaje, de que Maria Bethania se presentaría en Miami, corro a comprar entradas.

3.

Mi mujer narra a unos amigos, con tono y palabras de añoranza que no sé repetir, nuestra partida de Cuba. Esta explosión sentimental me resulta rara en ella, siempre desdeñosa de la nostalgia; cuando la observa en otros, la critica en privado, considerándola síntoma de vejez. Quien padece la nostalgia, acostumbra decir, es como si no tuviese futuro. Pero episodios como éste evidencian que alguna siente y que, en todo caso, la quiere mantener a raya.

Este afán de estar en guardia ha recrudecido en Miami, donde cercanía, parecido, tradición, mencionadas a diario como verdades, son puras ficciones: en esta ciudad sin pasado, hecha de urbanizaciones y autopistas, el pretendido parecido con Cuba del cual tantos hablan, machacándolo con sospechoso orgullo, se logra sólo por vía de lo externo: la presencia de una fruta, el reproducido nombre de un comercio, la afición a una prenda de vestir. El deseo de unos cuantos de conservar costumbres se estrella contra un rumbo cotidiano que lo impide o, con más frecuencia, lo vuelve ridículo. Como si entre lo actual y lo recordado mediara un siglo o como si lo que se desea preservar viniese de una sociedad teatral, caduca, defectuosa. Tradiciones vistas como huella de un vergonzoso atraso, cosas de aborigen. Entre cubanos que viven en otros lugares, la nostalgia es algo menos frecuente, cosa más bien anecdótica; aquí se vuelve necesaria al ánimo, una especie de reacción inevitable al espejismo.

Con dejadez de sobremesa, mi mujer relata nuestra contemplación, desde el barco en que zarpamos, de las luces de La Habana a medida que desaparecían. Se ha referido antes a este momento con melancolía, hasta tristeza. Por primera vez en veinticinco años, el desajuste de nuestra engañosa proximidad parece surtir efecto: la escucho hablar de esa partida con lo que interpreto como dolor. Trasluce, sin embargo, un rasgo peculiar. No se sabe qué pesar es mayor, si haber dejado la isla o el que los acontecimientos, más fuertes que su voluntad, se lo hayan vuelto inevitable. Más aún: que esos indoblegables acontecimientos la hayan traído a la costa de enfrente.

No obstante el vigor de la demorada mirada atrás, su memoria la traiciona, estoy seguro. Cuenta pausadamente a varios amigos cómo vimos desvanecerse las luces costeras desde la cubierta de proa, y recuerda justamente cómo por poco nos deja sordos la sirena, que no habíamos notado a nuestro lado, tocada por el barco al enfilar la boca del puerto. No fue exactamente así. Subimos a proa al dejar el barco el muelle y desde esa cubierta presenciamos la salida de la bahía de La Habana, siguiendo la Avenida del Puerto, paralela a nosotros, el paso de la gente por ella, y dando vistazos a las calles transversales. Desde allí nos despedimos con insistencia de una pareja de pie junto al muro del Malecón, acodada en él hacia nosotros, que en aquel momento identificamos con parientes, sin llegar a saber nunca si eran quienes pensábamos u otra pareja cualquiera que, a juzgar por el entusiasmo de su despedida, quiere verse en nuestro lugar y, sintiéndose un poco nosotros, nos desea buena suerte para siempre.

Pronto nos damos dos sustos sucesivos: el primero, el cañonazo, la salva disparada todas las noches a las nueve desde la fortaleza española, cárcel de siglos, para que la ciudad ponga sus relojes en hora. Una tradición conservada a pesar de los cambios. El segundo susto nos convence de bajar a nuestro camarote: el bocinazo tocado por el barco al dejar la bahía y adentrarse en la oscuridad de la alta mar. Cuando la sirena se calla, nos destapamos los oídos y dejamos la cubierta aturdidos. Es entonces, por un ojo de buey del camarote, y no desde arriba, desde donde observamos, calculo que durante una hora, sin quitar los ojos de la costa y compartiendo apretujados esa abertura, cómo las luces de La Habana se alejan hasta quedar, primero como estrellas suspendidas sobre el mar, luego como un brillo remoto, como si la Luna estuviese al salir por el horizonte, hasta que incluso este fulgor se apaga y el mar queda a oscuras, sin referencias, océano ya.

Por eso me resulta rara la confusión de mi mujer. Si esta impresión hubiese sido desde cubierta, sería distinta, sin duda menos triste; al aire libre se sentía la amplitud del mundo. Dentro del camarote, la despedida es como ver desaparecer nuestro pasado en el fondo de un catalejo.

4.

Recorro una colección de fotos de La Habana en 1933, hechas por Walker Evans. No sólo las miro sino las observo, las escudriño con una lupa, buscando signos escondidos: el letrero de mampostería empotrado sobre el muro de una esquina, donde se indica que la calle es Padre Varela –para mí siempre Belascoaín, su nombre supongo que colonial–, la planchadora vuelta de espaldas en la penumbra de un interior. Cuando Evans tomó las fotos faltaban cinco años para que yo naciera y sin embargo, identifico ambientes, modales, que conocí; cinco, diez, quince años, no lograron cambiarlos. Luego, con mi adolescencia, desaparecieron. Veo La Habana de mi infancia, su incubación; su vida indigente, pobre o desahogada, con sólo atisbos distanciados de riqueza. Esa ciudad fue en la que me crié; soportales de gigantescas cuarterías por los que deambulé, siendo poco más que un niño, sin temor alguno. Ahora, con los ojos de esta época, les descubro rasgos sórdidos que entonces nunca vi. Entonces eran sólo lugares pobres, gente pobre. En una de las fotos, Evans sale de las calles habaneras y muestra un montón de nasas de pescadores tiradas unas sobre otras. El pie de grabado, en inglés, traduce al español, entre paréntesis, viveros, pero para mí esta palabra indica otra cosa, lugar de cría. Lo que veo son esas cajas hechas de tablas separadas entre sí, trampas de pescado o cajas para su venta, que aprendí a llamar nasas, quizás mal. Se amontonan junto a la costa; lo sé, aunque no se ve el mar, y es que por encima de ellas, allá lejos, asoman los palos de un barco de vela. Puede ser un yate o un camaronero. Sin embargo, del fondo de mí sale la palabra mía de entonces: goleta. La dejé de usar hace por lo menos treinta años; es una palabra de mi infancia, del tiempo en que en La Habana abundaban las goletas. Y ahora, al ver esta foto del 33, esa palabra vuelve a mí, insustituible, en lugar de los sinónimos o variantes que llevo tanto tiempo usando en su lugar. Esa palabra trae las naranjas ya comidas y tiradas a la bahía que se acumulaban con la suciedad en sus orillas, las lanchitas que cruzaban el puerto y que ningún parque de diversiones pudo jamás igualar, el escándalo de las callejuelas vecinas al puerto. Para mí, goleta designa a la vez un objeto y una época.

5.

El concierto de Maria Bethania dura menos que la espera antes del concierto; poco más de una hora, aquél, frente a casi hora y media, ésta. Problemas técnicos, pretextan. Entre el público, ansioso siempre de dar color subido a sus divas, circulan otros rumores: está borracha, o peor. Muchos la imaginan —se nota en los cuchicheos– ebria a todo trapo, protagonizando una gran escena de camerino. O si no, furiosa, como corresponde a una estrella; encolerizada con algo no hecho a su gusto y negada a presentarse hasta no corregirse la situación a su antojo. Al fin sale a escena: su controlado dinamismo parece desmentir las especulaciones. En todo caso, éstas dejan de importar al desencadenarse su voz, su música, que durará, continua, hasta el final del espectáculo, sin siquiera una pausa para los aplausos, una descarga sostenida incluso durante sus dos rápidas salidas para cambiarse de ropa y variar su color escénico, momentos en que la banda queda sola tocando. Las canciones se suceden, una melodía se entrelaza con la siguiente: los músicos florean el final de una para buscar con sus cadencias el tono a la que viene, como si Maria Bethania cantase una larga canción única con muchas variaciones, con múltiples temas, incesante. No sé si esta prisa se debe al retraso de hoy o si ella siempre canta así; en todo caso, su estilo, su persona, se ajustan a esta música que no para. No importa que por momentos sea su canción rítmica, cortante, y en otros melódica, dulce; cuando se enternece, su susurro es duro, agitado, sin ceder jamás en su palpable afán por vencer la brecha del escenario, por sacar su voz y su presencia afuera, al medio del público, por echarnos a todos la música encima.

6.

No olvido la voz, en escena, de la emperatriz: un hilito atiplado, tan endeble como su figura, sexagenaria por lo menos. Una reina de opereta incapaz de moverse, de bailar, de coquetear. Se limita a cantar, inmóvil y encogida, ante el micrófono que la vuelve audible. Así y todo, el espectáculo me resulta emocionante, como un viaje en el tiempo, a la época de esos abuelos que me han llevado a verlo. Como si en vez de a un teatro contemporáneo con una viejita desafinada y rígida me hubiesen llevado de paseo a sus mejores años de fin de siglo, a un espectáculo vienés en ese Montecarlo que, como varias veces me contaron con menos detalle del que desearía, visitaron cuando su ruleta estaba rodeada de príncipes.

La representación tiene una importante segunda figura: un hombre de levita y pelo muy negro, de ánimo entusiasta y rostro colorado por el mucho maquillaje. Pudiera ser un hijo de la emperatriz pero es su esposo, su príncipe consorte. Es además su empresario, quien la guía por esta gira a que la recuerden sus públicos, a que la aplaudan y, disfrutándola en escena, a que ambos, diva y público, se sientan de nuevo jóvenes. Repitiendo sus papeles de hace treinta años, en el escenario y las lunetas, crean entre todos un sortilegio que, por lo menos mientras dura el espectáculo, les devuelve la juventud.

Meses después llega la noticia. Como todo lo inesperado, incomprensible de entrada; es necesario escucharla y razonarla dos veces de punta a cabo para lograr asimilarla. El empresario, el galán que atesoraba a la excelsa cantante y había preferido la exquisitez de su artística vejez al goce de otra juventud, planeaba matar a su emperatriz, subiéndola a un avión en el que de antemano había hecho colocar una bomba, con el plan de cobrar el fabuloso seguro de la artista. Contrastantes, las reacciones que escucho, con la mía. Los mayores, en sus conversaciones, no paran de hablar del frustrado criminal. Lo califican de la peor manera, repiten y repiten cómo les resulta imposible explicarse semejante conducta. Vuelven reiteradamente sobre una frase que me desconcierta: no entienden, y veo que lo dicen con sinceridad, cómo esa persona a la que vieron deslumbrante de orgullo junto a su reina puede haber sido tan hipócrita. Me hacen sentir hipócrita pues yo sí lo comprendo, me parece posible. Más allá de este detalle, nos separa una diferencia mayor: en el hombre, ya preso, según las noticias –cuánto habrá cambiado, pienso, sin su traje de etiqueta ni su maquillaje; con un uniforme de preso en una sucia celda mexicana, entre criminales– no es en quien más pienso cuando leo sobre este hecho o lo recuerdo. Ella es la imagen siempre presente. No en su gloria final, como la vi, sino ahora. El mundo se le ha venido abajo; el adorador que la sacó de su retiro para pasearla en triunfo, la engañaba, se burlaba de ella y de sus nostalgias. Forzoso es que considere engaño también el resto de lo sucedido en los últimos meses: la gira, la vuelta a escena, su actuación, la adoración del público. Todo esto tiene que estar en entredicho; se ha vuelto parte del plan, de la farsa concebida por quien únicamente pensaba en matarla y heredarla. Ni ella es ya capaz de cantar, ni el público fue a verla más que por misericordia, o por museo, o porque son viejos tan acabados como ella. Así la imagino: encogida como una viejita más, en un rincón de su casa, pensando en esa última pieza teatral en la que representó un papel distinto al que creía. Liquidada su gloria, deshecha su vida por un acontecimiento final que contamina a todos los anteriores y da ahora a su carrera un aire de fantasía lúgubre. Me aseguraron entonces o poco después que esta visión de la envejecida cupletera y el ogro empresario era pura ingenuidad infantil; la viejita, aunque víctima, y el malhechor, aunque sinvergüenza, tenían su buena dosis de tal para cual. Acepté, por más experimentada, esta versión, pero no pude descartar del todo la otra, esa imagen de melodrama tan adecuada a una emperatriz de opereta. Sospecho que fue un acierto involuntario y que en esa ambivalencia esté la verdad: un novelón en el que se combinan, de un lado la cretona y el salón, del otro la suciedad y el callejón.

7.

A pesar de la variedad de las canciones de Maria Bethania, ni mi mujer ni yo conocemos una sola. Ninguna es del único disco suyo que tengo; es, al parecer, música reciente, que desconozco. En lo que podría considerarse un momento de calma del concierto, unos compases de diálogo más tranquilo entre el piano y un saxofón, mi mujer me lo dice: No conozco nada. El ¿y tú? está implícito y se lo respondo: Yo tampoco.

Pienso que si no reconocemos nada es en buena medida por vivir en Miami. A La Habana de los cincuenta nos llegaba abundante música brasileña; compartíamos la música popular de buena parte de Latinoamérica. No había que buscarla: se oía en los radios, por la calle, en los espectáculos de los cabarets o de la televisión. No sé si las cosas habrán cambiado en todas partes pero algo es cierto: por latinizada que esté Miami, las únicas canciones latinoamericanas que resultan aquí inevitables, escuchadas sin necesidad de salir a buscarlas, son de ese género que se ha dado en llamar internacional y que me resulta como la cocina también apodada así: impersonal, sosa. Bien distinta a ésta que canta Maria Bethania, es una música que no puedo dejar de relacionar con los repartos –aquí, suburbios– y el linóleo, y que no por casualidad ha florecido junto con la televisión, enemiga de la vida callejera y noctámbula.

Maria Bethania me resulta lo contrario: es recia, habla cosas suyas. Cuando quiere ser romántica, no se acaramela sino tiene esa dulzura sensual del cabaret pequeño cuando, después de medianoche, se reúne en él gente con algo de desorden.

¿A qué vino todo esto? ¿Hubo en la voz de mi mujer, en su pregunta, algún dejo lo bastante claro como para sugerirme estas ideas? No lo recuerdo; si se produjo, no lo identifiqué. Pero debe haber sido así: de esa tenue comunicación contenida en un particular tono de voz partieron reflexiones comunes, tan encadenadas entre sí como las canciones de Maria Bethania, que ahora, apoyada sobre el piano y vuelta hacia el pianista, inicia una melodía que identifico –identificamos– desde el primer compás. Nosotros.

Es una canción cubana, tan popular que ha tenido más de un apogeo. A mi mujer y a mí nos tocó uno, en plena adolescencia, cuando todavía no nos conocíamos. Es una pieza bastante triste, sentimiento acrecentado por la leyenda, o rumor real, esparcida acerca de su letra: Nosotros, que nos quisimos tanto, debemos separarnos, no me preguntes más. Repetía la gente que estos versos se escribieron porque su autor, al saberse tuberculoso, se siente obligado a dejar atrás a su ser querido y no quiere revelarle a ella los motivos de esta separación, consciente de que en el abandono del amor, jamás le permitiría dejarla por eso, prefiriendo morir enferma a su lado. Cuando Maria Bethania comienza e identifico la música, me dispongo a ser invadido por un torrente de evocación. No es así. En vez de la cadenciosa melodía que conozco, Maria Bethania entona las frases con aspereza, hasta sequedad. Es evidente: busca limar toda melosería; le altera incluso la fluidez a los compases, hasta comerse una frase de la canción, eliminada del nuevo ritmo, mucho más sincopado, que ha dado a la pieza. Imposible que despierte evocación este distinto Nosotros. Ni la sentí yo ni la sentí reflejarse a mi lado.

El concierto sigue. Acelerado, abolido incluso el intermedio anunciado en el programa. Como desde el comienzo, alternan las canciones entre aires con algo de folclórico, tonadas, arreglos próximos al jazz, y de pronto surge sin aviso una que transforma la escena en barra, uno de esos lugares íntimos con piano a los que se va ya tarde a echar la madrugada.

No sabría decir por qué: si el arreglo, el ritmo, la melodía misma, la pose de Maria Bethania, su manera de cantarla. Pero es certera. Lo que más desconcierta es su misterio: agarra, envuelve; sobre todo, me transporta a otra época; más bien a otra sensibilidad, que conocí y compartí, y perdí, no sé cuándo; ignoro si, en otros lugares, sigue existiendo. No se queda ahí el golpe; retumba a mi lado. Noto que mi mujer se inclina levemente hacia adelante; lo hace con gran discreción, sin aspavientos, pero no me engaña. Está más conmovida que yo, o igual, sólo que a su manera. No quiere ver, sólo escuchar, dejarse llevar por eso que le viene de lejos, que la asalta con la vida de otros tiempos. No nos tocamos. ¿Cuál es esa partícula capaz de sacudirnos a los dos de esa manera, sin confusión posible? Fulminante, la canción termina; el embrujo pasa. Por si alguna duda pudiera quedarme, noto, con inmóvil disimulo, que mi mujer se seca los ojos. Meses después, un amigo al que no veíamos desde hacía veinticinco años, desde dejar Cuba, y que acaba de llegar de allá, la identifica por eso, al primer encuentro: ¿tú sigues llorando con las canciones?, es una de sus primeras preguntas al volver a verla.

8.

Entre varios libros que mi abuelo escribió, bastante esparcidos a lo largo de su vida, hay uno publicado por él mismo en 1938 cuyos muchos ejemplares sin vender atestarán hasta su muerte los estantes retirados de su casa: Sol en el Mar. Un recorrido, a la vez descriptivo, subjetivo, e histórico, por La Habana. Ése es su subtítulo, entre paréntesis: La Habana. Mientras estuve en Cuba, nunca lo leí. Ni ése ni el otro suyo que llegué a ver, del que tiene guardados. junto al primero, unos pocos ejemplares. Es una obra teatral, Carmen y Don Juan, publicada en un cuadernillo de las abundantes colecciones que salían quincenal o mensualmente en la España de aquellos tiempos de preguerra. Mi abuelo me resulta demasiado próximo como para interesarme su literatura. Supongo que acentuó mi desinterés el ver los libros amontonados, guardados, y no en librería. Al cabo de décadas, vuelvo a tropezarme, en una biblioteca de Miami, con Sol en el Mar. El ejemplar está dedicado a Juan Ramón Jiménez. No sé qué grado de amistad los unió, si es que la hubo, ni si Juan Ramón regaló el libro sin leerlo o lo donó a su muerte. Esta vez leo Sol en el Mar. Lo único que termina gustándome es el primer capítulo, en el que mi abuelo narra sus primeras impresiones de La Habana desde el barco en el que regresa a ella después de una larga ausencia. El resto, un recorrido por sus lugares preferidos de la ciudad o por sitios que considera necesario nombrar, me resulta añadido, como algo que se le ocurrió después de haber escrito, imperiosamente, lo primero.

Quisiera citar este fragmento ahora, recogerlo, pero no puedo. Cuando regreso a la biblioteca para copiar esas páginas, años después de haberlas leído, el volumen ha desaparecido de los anaqueles, queda sólo la ficha en los archivos. ¿Quién puede haberse interesado tanto en esta obra como para haberla robado? No me lo explico. Buscando Sol en el Mar encuentro, algo voluntariamente, Carmen y Don Juan. El cuadernillo de mi infancia, reunido aquí en un volumen reencuadernado con otras tres obras de la misma colección. La pieza es en verso; no lo recordaba y a ello atribuyo ahora no haberla leído de muchacho, cuando mi entusiasmo teatral se concentraba en las variantes de lo moderno, o mejor dicho, de lo en boga. Descubro, en su página titular, que la obra publicada lleva un prólogo de Marañón sobre el personaje de Don Juan y que se estrenó en Madrid, en el teatro Beatriz, en 1932. Algunos de sus versos, al azar:

«Carmen: (A Juan) ¡Hombre, puede ser que sea/ quien me ha de matar usted!/ ¿Qué le parece la idea?

«Juan: Que debe usted desecharla/ pues las manos de don Juan/ nunca a mujer tocarán/ si no es para acariciarla./ Habrán muerto de su olvido;/ que él tuviera que matarlas/ de ninguna se ha sabido».

De Sol en el Mar me queda el recuerdo de la evocación, hecha por mi abuelo desde cubierta, del horizonte habanero al que se acerca su barco. Ve crecer los edificios, comienza a distinguir la actividad, a escuchar sus ruidos. Sobre todo, ve los brillos del sol en el mar que rodea a la ciudad y que la iluminan como un espejo. Al menos, ésta fue la huella que dejó en mí su lectura. Notar cómo lo que él vio al llegar lo veré yo a la inversa, al irme de noche, treinta años después. Como si cayese la oscuridad sobre aquel día que lo deslumbró de placer.

9.

El barco de Alemania del Este en el que hicimos el viaje desde La Habana hasta Rostock se llamaba Karl Marx Stadt. Este nombre —en español, Ciudad Karl Marx, con el que se rebautizó después de la guerra a la medieval Chemnitz— provoca años más tarde un sobresalto a la cónsul de Estados Unidos en París.

La mujer me entrevista, o interroga, para decidir si accede o no a mi solicitud de visa, y entre sus muchas preguntas aparece ésa, el nombre del barco en el que viajé a Europa. Oh, my, exclama al escuchar mi respuesta, acompañando sus monosílabos de un breve saltito y de una sonrisa con la que intenta desmentir su sorpresa, y a la vez, bromear un poco con mis encontradas situaciones de solicitante de visado para Estados Unidos y, aunque sólo sea por haber viajado en ese barco, ex marxista. Anota el nombre; no sé si le habrá puesto los guiones.

Veo con frecuencia a la cónsul, que vivió en La Habana y me lo dice con algo de nostalgia; Estados Unidos duda de mi matrimonio y vacila en concederme la visa. Mi mujer está ya en Nueva York y me reclama pero hemos dejado Cuba sin más papeles que los pasaportes y al no tener éstos un apellido común, como sucede en Estados Unidos a las casadas, nada convence a los norteamericanos de que seamos marido y mujer. Nuestros pasaportes dicen que somos casados, pero ¿con quién? No se especifica. Siguen dudando hasta que, más que convencerse, parecen resignarse. Me permitirán entrar.

Eso pensé entonces. Pasado el tiempo, contemplo otra posibilidad: de lo que dudaban era de mi identidad; pensaban, pensaba alguien, que yo pudiera no ser quien decía. Que mi mujer había estado casada con la persona bajo cuyo nombre yo me presentaba pero, confabulado con ella, yo era un sustituto, un usurpador del nombre, de la identidad, del pasaporte de su verdadero marido. Desaparecido, muerto, ¿cuándo? ¿En Cuba, en el barco, ya en

Europa? Quién sabe hasta dónde llegaron, en sus especulaciones, los especialistas del consulado.

10.

El lugar del concierto, un teatro de mil lunetas, fue mal escogido. No se llenó; y en un cabaret, sitio mejor, su duración hubiese sido la justa; la misma de mi disco, grabado en un cabaret. No como aquí, donde el espacio y el hábito dejan al público con sabor a poco.

Al otro extremo del vestíbulo vemos a Gina. Sabíamos que estaría en el concierto; acaba de volver de un viaje al Brasil y no se iba a perder esta oportunidad de continuarlo. Noto que mi mujer se apresura, como si en vez de haber visto a Gina hace un mes, la hubiese dejado de ver hace años; va, impulsada, a saludarla, a hablarle; se le abalanza desde lejos. Es demasiado; esa prisa me lleva atrás, a las lágrimas no vistas de hace un rato, al Nosotros distinto, y más atrás, a otras situaciones y otras emociones, otros espectáculos y otras lágrimas, y viéndola apresurarse hacia Gina, quitando gente de en medio, sigo sus pensamientos con la misma nitidez que sus pasos: Gina viene del Brasil y allí oyó esa música que aquí oímos poco o nunca oímos, y la oyó en sus lugares, lugares brasileños, lugares como los de Cuba cuando escuchábamos a diario esa música o parecida, como el muelle de madera convertido en cabaretucho al que llamábamos el lanchón, desde donde contemplábamos casi solos, a lo lejos, las luces de la ciudad y su reflejo en las aguas de la bahía, acompañados por alguna vitrola cargada de boleros, de alguna canción que a veces la hacía llorar, y sé lo que va a decir, sé que podría decirle que callase y hablar yo por ella, y sin poder resistir la tentación decido anticipármele y, como Holmes, responder a esa pregunta que aún no ha hecho, atajarla: Viniste a Miami porque quisiste, le digo, cuando, abrazando a Gina, ya va a hacerle la pregunta, que se le queda dentro: ¿Quién nos mandó a venir aquí? Se desconcierta, la situación se invierte: en vez de abrazar ella a Gina es Gina quien la abraza a ella, que ha quedado aturdida, y que en medio del abrazo me hace la pregunta: ¿Cómo sabías lo que iba a decirle? Porque sí, le digo, y es a Gina, que pregunta riendo sin entender, a quien respondo: Te iba a preguntar por qué se nos ocurrió venir aquí a Miami en vez de irnos a vivir a un lugar como el Brasil. Cuando, a solas conmigo, insista en saber cómo adiviné su pregunta, rehuiré responderle o diré alguna simpleza. Demasiado complicado –y, me parece intuir, innecesario ya– explicar que algo hubo, en la canción de Maria Bethania, que nos conmovió, similar a un ambiente, una soledad, una penumbra o un abandono que alguna vez los dos conocimos y que me permitió seguir, desde ese momento, desde antes incluso y hasta sin saberlo, sus pensamientos, con la misma clarividencia con que Holmes siguió los de Watson, y que al verla abalanzarse hacia Gina, me permitió saber que en realidad corría de vuelta hacia otros tiempos.

11.

No planeaba continuar. Iba a terminar aquí, con lo que motivó estas notas: el concierto de Maria Bethania y nuestro desconcierto. Aunque lo intuía, me negaba a aceptar que algo quedase colgando. Es mi mujer quien lo saca a relucir, sin pelos en la lengua, sin compadecerse de mis deseos de pasar a otra cosa, sin preocuparse siquiera por decirme antes si lo que ha leído le interesa o no y sin confirmar si mi diagnóstico de sus lágrimas ha sido acertado. Me dice: Le falta algo, y pudiendo continuar sin más, prefiere esperar mi pregunta: ¿Qué le falta?, para contestarme sin rodeos: Me molesta que lo de Sherlock Holmes se quede en el aire.

La discusión que sigue es demasiado trillada como para que valga la pena constatarla. Sólo importa el final: echa los papeles a un lado y se levanta, con una frase terminante: Se te fue de las manos. Habrás querido lo que sea pero tienes que solucionar el caso de Sherlock Holmes. No se esperaba –yo tampoco; fue una idea súbita– lo que le propongo: Mira, hacemos un trato. Tú le buscas una solución al caso, yo otra, y la que resulte mejor, ése la escribe. Así terminará siendo un relato de los dos. No cae en la trampa y me responde sin vacilar: No, no. Yo pienso una, tú piensas otra y escribes tú la ganadora. Yo no tengo nada que ver con eso tuyo. Como escritora por lo menos. Ahí termina la conversación.

Pasan los días y no volvemos a hablar del asunto; pienso, sin comentarlo, que para nosotros, mis notas sobre el concierto de Maria Bethania serán lo escrito por mí, más nuestra conversación, y para otro que las lea, si es que alguien las lee alguna vez, se quedarán donde las he dejado. Y habrá quienes piensen: Algo queda colgando. No me importa; para mí ya no es así. Al cabo de unas dos semanas, ella destruye estas cómodas especulaciones cuando, recién terminada una larga charla telefónica y como quien lo ha elucubrado distraídamente mientras hablaba por teléfono, me da su solución, en pocas palabras. Ahora te toca a ti, termina. Arrinconado, no me queda otro remedio: poco después, le doy mi solución.

12.

En la versión que preferimos –el pacto no me obliga a especificar quién es su autor, y soslayo revelarlo–, la pareja (la atribulada denunciante y su secuestrado cónyuge) es en realidad la mitad de un cuarteto de hampones que, tras cumplir sus respectivas condenas o destierros en Australia, continente a donde Inglaterra enviaba a muchos malhechores, y conocerse allí en los arrabales del bajo mundo, regresan a la capital del imperio británico en busca de unas riquezas robadas y ocultas, de cuya existencia se enteraron en la colonia penitenciaria. Su pacto tiene la fragilidad de los acuerdos entre bandidos; como tantas veces pasa con estos grupos de maleantes sin cabeza definida, los cuatro dedican menos esfuerzo a alcanzar el tesoro que a vigilarse entre sí, convencidos de que al menor descuido, sus colegas aprovecharán para darles la mala.

Esto es justamente lo sucedido, averigua Holmes. La acongojada esposa es en realidad el más joven de los bandoleros, un pillo a quien su rostro lívido y lampiño y la aflautada tesitura de su garganta han permitido hacerse pasar por lánguida novia; aprovecha Conan Doyle, como buen victoriano dado al disimulo y la insinuación, para lanzar al aire y dejar ahí, en una especie de aureola perversa, numerosas dudas sobre la verdadera identidad sexual de este fullero andrógino, acumulador de mentiras: ni es mujer, ni es por tanto el perdido su marido.

Dije aprovecha Conan Doyle: debí decir aprovecharía. No relató esto él, aunque situaciones parecidamente ambiguas manipuló más de una vez.

A partir de aquí, los descubrimientos se suceden; pronto comprende Holmes que la espuria pareja ha tendido una aviesa trampa a sus dos compinches. Con estas deducciones en mano, le resulta fácil, después de algunas indagaciones con el capitán del barco, la marinería y la policía del puerto, rehacer la trama desde su inicio y exponer los móviles, primero de los dos rufianes traidores y luego de la pandilla entera.

La falsa pareja, cuenta, se confabuló para fingir el secuestro a fin de echar a sus otros dos colegas a pelear: han convencido a cada uno de ellos, por eliminación, de la culpa del otro. El disfraz del imberbe es necesario, no por maquiavelismos de un rebuscado plan sino porque el joven no ha purgado aún su sentencia y es, de los cuatro, el que vuelve a Inglaterra todavía delincuente. El viaje del cuarteto por mar ha sido una tragicomedia de recelo, celadas y rencores. La tensión estalla con el desembarco, cuando los falsos novios publican el inexistente secuestro. No les falta viveza: ellos solos se bastan. El falso desaparecido, hombre de impecable ancestro y buena facha, a quien la ambición sumió en el delito, es clave en el plan; sin él, los otros tres hampones consideran acertadamente que les será imposible acceder a las extraviadas riquezas, custodiadas sin saberlo por gente de posición.

Holmes llega a tiempo para impedir un macabro desenlace: desenmascara al travestí, impide que se maten entre sí los dos embaucados secuaces y localiza la guarida donde sorprende al cuarto criminal, ni esposo ni raptado.

13.

Transcrita la versión escogida, noto, ahora yo, que algo sigue faltando. Se conoce ya la solución; Holmes ha cumplido su labor a cabalidad y sin embargo, el relato queda cojo, imperfecto. Necesita un último elemento, el que de verdad da o quita valor a este tipo de cuento y hace únicos los de Conan Doyle: la deducción del detective. ¿Qué despertó sus sospechas? ¿Dónde sintió el desajuste? Le llevo esta preocupación a mi mujer que, al desgaire, como si lo hubiese sabido desde siempre, me responde: Pon que la falsa mujer bajó enferma del barco, pretextando unas fiebres, enfundada en abrigo y ropas que la hacían difícil de identificar. Puedes bajarla en silla de ruedas o en camilla, con el hombre a su lado, atendiéndola y ocultándola. Esto da para una buena ilustración como las de la época. Ese dato, esa imagen embozada, es lo que enciende las sospechas de Holmes, el destello a partir del cual desenreda la madeja.

La oigo, y más que la improvisada celeridad de su solución me asombra el impreciso recuerdo de que Conan Doyle resuelve de manera parecida uno de los casos de Sherlock Holmes. ¿Es posible? No lo sabré si alguien no me lo dice. No pienso releer las voluminosas aventuras del detective sólo para comprobar si es exacto o no este presentimiento. Pero suponiendo que exista realmente, como creo, un pasaje parecido en Conan Doyle, me sorprende hasta qué punto esta inesperada coincidencia permite ampliar la idea de la identidad de líneas de pensamiento que discurren por iguales caminos. O sea: al jugar, como hemos hecho mi mujer y yo, a la imitación de personajes, ambientes e incidencias de Conan Doyle, la lógica de ella desembocó en una deducción próxima a la ideada alguna vez por Conan Doyle, sus pensamientos recorrieron una ruta similar a la seguida alguna vez por los pensamientos de él, hasta encontrarse los dos en un plagio inevitable, reunirse en un mismo sitio, en una compartida fascinación por el disfraz. Comprendo además que la red de coincidencias va más allá. No se queda en el papel, abarca nuestra vida misma.

Cuando escucha esto se ríe, con una risa de la que luego dudaré, considerándola otra posible máscara, y me dice: Muy posible, pero te falla la memoria. No es Sherlock Holmes quien hizo esa deducción, ni Watson su acompañante, ni Conan Doyle quien la imaginó. Fue Edgar Allan Poe, en Los crímenes de la rue Morgue. No te lo dije antes para no romperte el hilo. A fin de cuentas, qué importa.

No le digo cuánto me importa, hasta qué punto se me deshace el relato entre los dedos. Sólo veo una manera de recuperarlo, de evitar que estos pedazos se dispersen como ceniza por los aires.

14.

Me afeito. No es una tarea cotidiana. Desde hace un cuarto de siglo, desde la quincena de soledad que viví en el barco, llevo barba. Lo bastante abundante como para disimularme medio rostro; nadie, en estos veinticinco años, ha podido saber cómo es el óvalo de mi quijada, dónde terminan realmente las comisuras de mi boca. Todo esto ha quedado escondido tras la copiosa pelambre negra, que lleva diez años poniéndose blanca al galope; tan velozmente, que basta a los amigos dejarme de ver un año para asombrarse al siguiente ante mis nuevas canas.

Cuando termino, el rostro que descubro en el espejo no es el que esperaba. Mejor dicho: no es el que recordaba, el que ingenuamente pensaba tener, inmutable, bajo la barba, como si el tiempo no hubiese pasado o como si la barba, protegiéndolo de las intemperies, le hubiese impedido alterarse, envejecer. Soy otro, distinto al que esperaba, y sólo atenúa mi sorpresa el poder pensarlo, concebirlo, comprenderlo. Soporto, recrudecido, un desasosiego sentido en estos últimos meses; el que me ha llevado, veo ahora que con acierto, a la idea de quitarme de una vez esa barba a la que jamás me acostumbré. Puedo localizar, o eso creo, el origen de esta inquietud cuando, a través de un amigo que se encaprichó en ofrecérmelas, llegaron a mis manos varias revistas recientes de Cuba, en las que aparecen retratados a toda página muchos de los que fueron compañeros míos de trabajo, amigos, que quedaron allá, en la isla. Si bien puedo identificar a algunos, la mayoría me resultan irreconocibles, distintos por completo a la imagen que de ellos conservaba mi memoria. Veo sus caras y me es imposible reconciliarlas con los nombres que leo al pie, a los cuales mis recuerdos adosan otras facciones. Los había recordado todos estos años, los seguía recordando, pero distintos; algo mucho peor, al verlos ahora y desconocerlos, que haberlos olvidado. Es como tener delante una mentira, como enfrentarme a las fotos de una galería de impostores. Y ahora, impulsado por ellos, me llega el turno a mí: me miro al espejo y tampoco reconozco mi imagen.

Paso a otra prueba. Del maletín donde guardo los papeles imprescindibles, saco el pasaporte, vencido hace mucho, que mostré a las autoridades de Alemania Oriental cuando, de noche cerrada, bajé con mi nueva barba del barco y pisé Europa por primera vez; el mismo que mostré a la cónsul en París, que me identificó tantas veces en varios países, hasta llegar a éste en el que vivo. Como suponía, el rostro lampiño que aparece en ese pasaporte y que a tantos policías consternó cuando tuvieron que compararlo con el mío barbudo, se parece bien poco a éste que acabo de descubrirme ante el espejo. Enfrentado a esas facciones olvidadas, no puedo menos que revivir aquellos días en que, aprovechando la soledad del barco, mi tránsito de un mundo a otro, me dejé la barba, rasgo que se volvió dominante y que, pasando por encima de los otros, anulándolos, me permitió trocarme por mi avatar del pasaporte, me dejó asumir una presencia que no era la mía y perderme, provisto de ella, por el mundo. Atrás, sepultadas en el mar, quedaron las tronchadas ilusiones de desembarcar en Europa de mi otro yo, con el que todos estos años me he confundido, llegando incluso a hacer suyos mis proyectos y, lo que me resulta todavía más extraño, a hacer míos sus recuerdos.

Cuando me presento afeitado ante mi mujer, se asombra menos de lo que yo esperaba; como si siempre, burlando la presencia de la barba, hubiese adivinado mis rasgos, sus cambios. Enseguida me sonríe, con ese mismo fulgor furtivo con que en el barco vio variar mi rostro, enmascararse, y sin darme tiempo a hablar, me dice: Ahora sí solucionaste el cuento. Ahora ya me siento tu novia australiana.

15.

Las muchas veces que en estos años he escuchado mi único disco de Maria Bethania son siempre las mismas frases las que se destacan a mis oídos de entre la letanía de canciones, sin surco divisorio, separadas entre sí sólo por los aplausos del público. De algunas estoy seguro; mi portugués es, más que deficiente, casi inexistente, pero hay palabras muy claras, fácilmente traducibles. Otras pretendo entenderlas con mis rudimentos del idioma.

Movimiento de los barcos, movimiento…

puñalada…
si yo robé tu corazón tú robaste el mío también…
en esta soledad…
mi último bolero… con los claros de la aurora… triste vio que la tarde moría… (esto lo canta en español)
para seguir viaje…
tengo un poco de miedo… palco vacío… escenario sin brillo… sueño despierto…

Estas frases pueden estar equivocadas. Tampoco me es posible entrelazarlas, llenar los vacíos que las separan, más que con la intuición.

En Boston, impresiones del Oriente

I.

Los dos verdes son idénticos, como un objeto y su reflejo. A la izquierda, el de la gorrita deportiva y americana que lleva puesta la muchacha japonesa; a la derecha, el que ella contempla, dibujado en un biombo japonés del siglo XVII, representa un seto, vegetación. Aunque iguales, uno resulta chillón, el otro espléndido.

Ni la muchacha ni el biombo aparecen aquí como curiosidades, como algo insólito. El Museo de Bellas Artes de Boston se precia de tener la mayor colección de arte oriental reunida en el mundo bajo un solo techo; y aunque en Tokio haya muchas más obras japonesas y en Pekín más obras chinas, ni una ni otra capital poseen grandes colecciones de piezas de la otra nación. Aquí están representadas en abundancia las dos, y Corea, y la India. En cuanto a la jovencita de la gorra beisbolera, es ya imposible subir al metro de Boston –el T, para los locales– sin que en el vagón se descubra por lo menos un rostro oriental: estudiantes, residentes, visitantes. La muchacha puede ser cualquiera de estas cosas; estar haciendo al museo una visita única, o frecuente.

El pequeño salón tiene una iluminación bastante tenue. Prácticamente la única fuente de luz es la que, desde dentro de su urna, baña al biombo, como las candilejas de un escenario. En medio de esta penumbra y teniendo en cuenta que el fondo del dibujo lo cubre un dorado mate, los dos verdes esmeralda resaltan con luz propia.l

El del dibujo brilla en toda su pureza, sin que el pintor le haya trazado un solo contorno, le haya dado una sola pincelada de sombra. El arbusto crece sin texturas: todo igual, una superficie abstracta sin primeros ni segundos pianos, definida únicamente por las sinuosidades de sus bordes, que siguen los de una vegetación posible.

Me sorprende esta mancha de color; de manera elemental, he identificado siempre al dibujo japonés con un minucioso trazado, pariente de su caligrafía, y me llama la atención este color sin detalles, que veré repetirse muchas veces durante el resto de mi recorrido. Me pregunto si esta jovencita japonesa ve ese dibujo y ese color como cosa natural, o si le resultan igualmente extraños y hasta exóticos, y siente más próximo el verde escandaloso de su gorrita de pelotero.

2.

Me dirijo hacia el salón al descubrir, desde lejos, su iluminación, todavía más apagada; lo recuerdo de mi visita de hace un año a este museo, en la que dediqué casi todo mi tiempo a las salas del Impresionismo, y quiero volver a él con mas calma que aquella vez. Es un cuarto grande, de forma irregular, ante cuyas tres grandes paredes ha sido colocada una asombrosa colección de Budas, bodisatvas y guardianes de los templos.

Pero no es éste el lugar. Me confundió su escasa luz, como si los curadores persiguiesen un ambiente de recogimiento religioso, de santuario. De todos modos, entre las diversas piezas de arte asiático repartidas en él, hay una imagen del Buda. Ha sido colocada en una esquina, como sobre un altar, o un trono, y está hecha de piezas de madera acopladas entre sí, aunque resulta imposible, a simple vista, descubrir los empalmes. El color de la madera, rojizo amarillento, y su lustre, confunden; se diría que la estatua está esculpida en bronce. En el centro de la frente, el sitio donde el budismo sitúa el tercer ojo de las visiones superiores, el Buda tiene colocada una perla del tamaño de un garbanzo.

La imagen está ligeramente apartada de las otras obras del salón; ocupa el centro de un espacio rectangular, para ella sola, limitado por unas varillas de madera, a manera de área. A diferencia de otras piezas de este tipo expuestas en el museo, el espacio del Buda queda abierto, accesible, sin cristales que lo protejan. Es posible tocarlo.

Me inclino para leer la placa colocada a sus pies, donde se describen los detalles de la escultura, y al hacerlo, meto la cabeza en el espacio limitado por las varillas. Se escucha de inmediato una alarma aguda, como un persistente cornetín; debo de haber sido yo el culpable. Me quedo esperando, inmóvil, para demostrar mi inocencia, y pronto llega un guardián que al verme, se comunica con otros mediante un radio portátil. No entiendo lo que dice pero la alarma se detiene. Intento darle explicaciones y él, sin escucharme, me explica a su vez que un detector muy sensitivo dispara la alarma cuando se produce un movimiento brusco. Lo que me dice no tiene sentido, ya que en ningún momento me moví con brusquedad. De todas maneras, apenas nos escuchamos. Hablamos los dos a la vez, y finalmente él se despide, superponiendo sus excusas a las mías. Me alejo, sin dejar de pensar que lo dicho sobre la brusquedad es una trampa: no le está permitido revelar el secreto de la alarma, qué la acciona. Yo supongo, casi seguro, que es el haber traspasado el límite ideal fijado por las varillas. Al rato, desde otra sala no lejana, vuelvo a escuchar una alarma; suena igual y parece venir del mismo sitio. Pronto se apaga. Me acerco al salón del Buda y no tengo que esperar mucho para volver a oírla. No para de sonar, cada pocos minutos, como si fuese la única en todo el museo. ¿Por qué ésa, y no otras? Para mayor extrañeza, encuentro al fin el vasto salón de los muchos Budas y acompañantes; están expuestos igual que el otro, dentro de urnas sin cristales. Decido correr el riesgo y aprovecho un momento de aglomeración –preveo la necesidad de desaparecer entre la multitud– para introducir la mano hacia uno de los Budas, bien escogido: también tiene una perla en la frente. No pasa nada. Agito la mano. Tampoco. Aquí no hay alarma.

Vuelvo al otro salón y me planto ante el Buda intocable. ¿Cuál es su enigma? ¿O su trampa? Frente a él, en este salón oscuro y ahora desierto del Museo de Boston, me siento como si hubiese penetrado en una película del arqueólogo aventurero Indiana Jones. Delante tengo todos los elementos del personaje: el museo, el salón solitario, la perla, la alarma, la incógnita. Y la posibilidad de que esto sean celadas, engaños concebidos para despistar y ocultar la verdadera joya del lugar.

3.

Tengo delante una imagen que conozco y no logro situar. Estoy en un salón mucho más largo que ancho, como un amplio corredor. A lo largo de sus dos paredes principales corren dos tarimas, sobre cada una de las cuales hay colocados tres biombos japoneses. Los tres de la izquierda son del siglo XVII y los de la derecha del XVIII. Uno de los más modernos muestra dos grandes carritos de mano, dos rickshas cargados de flores. En el extremo de las dos varas que servirían para tirar del carro han quedado sueltas y desordenadas las cuerdas o cintas que se ata al cuerpo el que tira. En la hoja que tengo frente a mí del biombo abierto en acordeón se ven sólo las varillas, color marrón, y los fajines, de un rojo intenso, abandonados sobre el fondo dorado que abarca casi todo el dibujo.

No he visto jamás este biombo, ni aquí ni reproducido, y sin embargo recuerdo estas cintas rojas y ese fondo dorado. De pronto caigo en cuenta: es Toulouse–Lautrec. Ése es mi recuerdo: las superficies puras, lisas, sin sombras ni accidentes: meandros de color sobre otro color: los afiches de Lautrec. Lo que contemplo es un paisaje japonés pero esas cintas rojas son también la bufanda de

Aristide Bruant, y las varas del carro el clavijero de un contrabajo en una orquesta parisién de cabaret.

Al rato de paseo encuentro un paisaje de Van Gogh, una cañada: experimento la misma sensación de algo ya visto, sólo que esta vez lo identifico de inmediato: acabo de tenerlo delante. Los trazos espesos, los nudos retorcidos con que Van Gogh representa surcos y troncos, un posible arroyo, son de un esquematismo rugoso que he visto hace momentos, precisamente en el rectangular salón de los biombos.

Es uno de los tres del siglo XVII; muestra, como lo haría una película documental, la llegada a puerto japonés de un galeón portugués: los dignatarios japoneses esperan en el muelle; en cubierta aparecen, displicentes, los marinos portugueses; en actividad, trepados a los palos del barco o cargando la mercancía que es transportada a tierra, los trabajadores indios.

Las salpicaduras de las olas que golpean los costados del barco son compactas, como pequeñas garras que buscasen asirse de la nave, y los surcos de espuma, una crema sólida que corre junto al buque. Como los árboles de otras pinturas japonesas, cuyos troncos parecen cuerdas trenzadas, se diría que han sido realizados, aplicados, directamente, como más tarde hará Van Gogh, con los gusanos de pintura al óleo salidos de tubos todavía inexistentes.

En medio de la minuciosidad miniaturista de las figuras que suben y bajan del galeón, el pintor parece interesado sobre todo en la esencia de las cosas: el mar es el oleaje, repetido igual hasta el infinito, como las escamas de un pez. El invierno es la neblina; un tigre, sus rayas; un cuervo, el color negro.

Al día siguiente, esta correspondencia se vuelve física: veo en otro museo, el Fogg, de Harvard, el autorretrato de Van Gogh con la cabeza rapada, al estilo de los monjes budistas. La víspera, en el museo de Boston, los visitantes que más han llamado la atención son un grupo de una media docena de mujeres de rasgos orientales, todas vestidas igual: ropas grises, de tela y confección muy elegantes, a pesar de su humilde uniformidad; como hábitos de lujo. Lo que más choca a los occidentales que coincidimos con ellas ese día en el museo es que todas llevan la cabeza rapada, como la que se dibujó Van Gogh.

4.

Me asomo a una ventana del piso alto y descubro, a nivel de la calle, el jardín japonés. Calculo ahora, recordándolo, que tendrá unos 300 metros cuadrados; pero este cálculo puede ser un disparate. En todo caso, es imposible comprobar sus dimensiones recorriéndolo: aunque una escalinata del museo desciende hacia él, está prohibido pasar, y los visitantes deben conformarse con contemplarlo de lejos, de pie o sentados en los escalones, a manera de gradería. O como yo, desde lo alto.

Este espacio intocable me trae a la memoria el jardín zen descrito por Italo Calvino en uno de los relatos de Palomar. El jardín de su narración, exquisito lugar concebido por monjes como sitio destinado a la meditación, ha sido transformado por la fama en visita obligada de turistas. Calvino relata las angustias de Palomar, que arrinconado por los viajeros y sus cámaras fotográficas y deslumbrado por los flashazos de éstas, intenta concentrarse en la perfección del jardín, alcanzar la meta de abstracción del yo propuesta por sus diseñadores como fin místico, más allá de lo ornamental. Dos cosas que, para los japoneses, tal vez están siempre ligadas. Siento por mi parte que el ancho sendero central de arena que ocupa alrededor de la tercera parte del espacio del parque, no sólo me distraería de cualquier intento de reposo mental, sino que me provoca rechazo. Lo atribuyo al deslumbrante sol y a su reflejo, bastante cegador, en la superficie de la arena. Puede que la culpa sea mía, que vivir diez años en Miami me haya cansado un poco de arenas soleadas y que en un viaje como éste al norte mis ojos esperen paisajes más brumosos, más matizados. Como los indios de la selva que, en sus dibujos, rehuyen el verde.

Vuelvo al museo días después, esta vez bajo un cielo gris y una lluvia persistente. Al rato de recorrido, me detiene un gran ventanal rectangular, hermético, empotrado en la pared del edificio. Está hecho de una sola pieza de vidrio y esta superficie continua, con su marco de madera, lo asemeja a los cuadros colocados a derecha e izquierda.

La ventana da a un patio interior, lleno de vegetación reverdecida por el verano. La lluvia que empaña el cristal, la grisura melancólica del patio, vuelven inconfundible este paisaje impreciso: es como contemplar un Monet. Me quedo allí un rato, disfrutándolo, descubriendo el velado gris parduzco de un tronco, la difuminada madeja de enredaderas y lianas, las diminutas manchas rojas que crean las flores; siguiendo las gotas de lluvia que caen por fuera sobre el vidrio, resbalan sobre él y lo empañan, hasta parecer que la ventana las absorbe y las transforma en niebla. Permanezco un rato absorto ante ese lienzo, ese paisaje que la llovizna y el vidrio han vuelto bidimensional, un cuadro más. Me saca de la contemplación el darme cuenta de que allí, ante esa ventana, es donde yo he podido encontrar mi jardín zen.

Los labios pintados de Diderot

I.

Como si fuesen posibles las coincidencias, recibo, por primera vez en veinte años, carta de José Manuel. Justo ahora, cuando iniciaba estas notas sobre algunos episodios que compartimos, como si mi recuerdo hubiese bastado para llamarlo, dejándose sentir allá a lo lejos, o al revés: sentir yo aquí, antes de recibir su carta, los ecos de ese proyecto suyo de escribirme, de renovar una amistad callada tanto tiempo.

Me cuenta mucho José Manuel en cuartilla y media: cómo poco después de dejarnos de ver, un año a lo sumo, se fue a Suecia, y después de menos vagabundeos de lo que suponía consiguió allí lo que hacía mucho buscaba, sin saberlo definir del todo: fue a vivir a una isla metida en el golfo de Botnia, donde varios suecos apasionados de la vida natural –a distancia; en la isla sólo pasan temporadas– y con dinero para pagarse ese entusiasmo, han creado un santuario ecológico. José Manuel me lo retrata: la naturaleza, en libertad, ha dado el triunfo a las aves; anidan por miles en los árboles y sobre todo, en los resquicios entre las rocas costeras del escarpado islote. No tan remoto, precisa, deseoso al parecer de no exagerar su ascetismo; desde él se divisa el continente. De alguna manera, que no me cuenta, se ganó a estos mecenas ecológicos y fue nombrado vigilante del espontáneo aviario. En la isla lo acompaña desde el primer día una mujer y allí han vivido los dos todo este tiempo, aunque –vuelve a aclararme; trasluce su deseo de no confundirme, de no presentarse, a mis ojos tenazmente urbanos, como un estilita– no viven solitarios, como anacoretas. Con el tiempo, otra gente, también dada a la vida campestre, se ha establecido en el islote, dedicados a faenas acordes con el agreste sitio: apiarios, invernaderos; así se sustenta una colonia con algo de comuna pero donde, subraya, cada cual ocupa su peñasco, como guardianes de faro.

Han viajado, él y su mujer; no le perdió el gusto a las callejuelas ni a las noches de taberna, y con una condescendencia en la que se ve claro su presentimiento de que su vida rural no sería muy de mi gusto, sugiere en su carta que coincidamos alguna vez, pronto, en una de esas excursiones suyas a lugares más cosmopolitas, sin dejar por otra parte de declararme abiertas las puertas de su isla, si mi antojo es visitarla.

Cuenta más: entre él y los pelícanos, las gaviotas y otros pájaros bajo su protección, se ha establecido una relación de granja; aves de hábitos ariscos se comportan con él como si fuesen domésticas. Las encuentra esperándolo a la puerta de su casa por las mañanas; entran a pasear por las habitaciones, se echan por los rincones, traen ramas para anidar en sus anaqueles; se le suben a mesas y sofás y llegan a exasperarlo cuando lo hacen tropezar, al enredársele entre las piernas mientras camina y frotarse a sus tobillos para acariciarlo con sus cuerpos, como gatos mimosos. Con el invierno emigran al sur y lo dejan solo con su mujer y la extensa melancolía de la nieve. Luego, con la primavera, sucede algo que me resulta inconcebible y lo vuelve a mis ojos un indígena remoto, una figura antigua unida a la tierra: cuando los pájaros regresan, reconoce por el olor dónde han estado; algunos pelícanos traen en sus plumas olor a naranjas de las costas valencianas; a los más osados los identifica por el aroma a tabaco: hasta Turquía llegaron; los hay que despiden perfume a orégano, o a aceituna, puede que de Italia, Grecia, Yugoslavia. Muchas aves, con una mezcla de olores y el hollín que ennegrece sus plumas, delatan su preferencia por una ciudad, una de ésas atravesadas por un río: quién sabe si Roma o Bilbao; tal vez

París. Pronto, al cabo de pocas semanas de vuelta en la isla, se les desvanecen estos aromas y se impregnan otra vez del uniforme olor a bosque y mar salada. Las distingue entonces, no sólo como haría cualquiera, por el color de sus plumas, sino principalmente, siendo tantas, por la manera de graznar que, me asegura, es particular a cada una. Habrá que creerle.

2.

En su novela El desprecio, Moravia repite hasta el cansancio su idea de por qué el determinismo no existe: todo acontecimiento nace, así sea de manera inadvertida, de nosotros mismos, y es, por tanto, evitable. La muerte final de dos de las tres partes del triángulo protagonista se debe, como el lector se ha saciado de ver, a una pasajera decisión del otro —en este caso, el otro es el marido—: permite a su mujer irse en auto sola con su futuro rival mientras él parte a la cita común en otro auto, con otra gente. Ese momento, presentado como un incidente pasajero —pronto vemos que no lo es—, resulta crucial en sus vidas: las precipita por un despeñadero de acontecimientos —galanterías del rival, reproches, tensión y discusiones entre los esposos, coqueterías despechadas de ella con quien aspira a ser su amante— y culmina en la doble muerte, en apariencia accidental, de la pareja fugada en auto, rumbo a ser, como se dice, culpable.

Pero el novelista italiano insiste tanto en ese momento decisivo, origen del desprecio que titula su libro, nos devuelve tantas veces a ese dudoso instante y a las reflexiones y actos que motiva en los personajes, que termina desmintiendo, sin quererlo, sus propósitos: el hecho cuya predestinación pretende negar alcanza en su texto dimensiones desproporcionadas; inevitable resulta al lector llegar a sentirlo, por su abrumador peso, no como un hecho fortuito sino al contrario: insoslayable, una evocación del fatum griego.

Con la misma frustrante inevitabilidad de la ceguera de Edipo o el matricidio de Orestes.

En su versión fílmica de la novela, Godard mejora a Moravia. El enfoque dado en Le mépris por el cineasta francés al argumento del italiano me resulta mucho más hábil, a la vez más sugerente y más concreto. Con sus variantes del tema –lo griego como afín telón de fondo; la abandonada manera en que ocurre el fundamental incidente del auto, un auto deportivo sólo para dos, reiteradamente visto pero apenas analizado, como no sea por la música acompañante, una melodía inconclusa, ominosa como un augur–, Godard logra comunicarnos la idea de que si bien el accidente, el hecho casual, no existen, no se debe ello a dictados de los dioses sino a que algo hace siempre el hombre, con mayor o menor inocencia pero siempre dueño de su libre albedrío, capaz de conducir las cosas de manera inflexible hasta un punto al que luego llamará, cerrando los ojos y en un afán de liberarse de culpas –algo de jansenista tiene Godard–, inevitable.

El marco griego dado a su película y desplegado a ratos en primer plano cuando habla Fritz Lang –director en papel de director de una Odisea en filmación dentro del film– está presente, no para doblegar el relato del Desprecio ante el espacio griego de la fatalidad sino al contrario: indica Godard con astucia cómo, más allá de cualquier orden divina, son los griegos los primeros en insinuar en sus tragedias hasta qué punto las fatalidades que nos acontecen, no importa cuánto se busque al oráculo, son obra de nosotros mismos; quítese a Edipo el vaticinio, quítese la predestinación a Medea, y la obra transcurre igual: en sus actos desnudos se verá si son o no los hombres quienes confeccionan, con detallada perfección, su propio destino. Godard, lejos de buscar en los griegos contradicción a sus puntos de vista, los invoca para solicitarles su confirmación.

Al final de la película, al ocurrir el accidente y quedar deshecho en la carretera el convertible rojo con los cuerpos de Camille y Prokosch –Brigitte Bardot y Jack Palance–, el mundo entero –al mundo de la película me refiero– queda convencido de que la tragedia ha sido un fatal accidente. No pasa lo mismo a los espectadores, testigos desde un principio de los furtivos manejos de los protagonistas, sobre todo los de Paul –Michel Piccoli–, con su elección de comerciar a su mujer a cambio de un contrato: al enterarse de la desgracia en la autopista, contará en su conciencia con suficientes datos como para constatar un drama aún mayor que la pérdida de su mujer: no hubo accidente; fue él, fueron ellos tres, sus sigilosas acciones, quienes obligaron a las dos víctimas a estar allí, en el sitio de su muerte, en ese momento.

Comparto la desconfianza de Godard ante el azar y la predestinación, dos maneras paradójicamente contrarias de decir lo mismo: no somos dueños de nuestros actos. Y si sospecho de la veracidad de cualquier sorpresa, mucho menos creo en lo imprevisto de algunos hechos históricos, no importa lo sorprendentes que parezcan ni el sobresalto que hayan producido en su momento: el archiduque Francisco Fernando fue a buscar a su asesino Princip, lo desafió en Sarajevo. Para muchos, el ímpetu del mayo parisién del 68 fue imprevisible, tuvo su origen en algo semejante al caos. A mí no me tomó por sorpresa. No sólo vi sus signos sino que conocí, bien de cerca, el detonante.

3.

Es mi primera tormenta de nieve y me refugio, como si del cielo cayera lo que conozco: uno de esos aguaceros tropicales que empapan. Las doce o trece cuadras hasta mi hotel me parecen una distancia insuperable bajo esta borrasca, desmesurada hasta para los parisienses: caerá metro medio de nieve. No es mal lugar para pasarla esta mesa del Mabillon, rincón nocturno que vive sus últimas noches; en cuestión de meses lo cerrará la policía y el rumor dirá dos cosas: fue por tolerar la prostitución de menores y fue por orden de la mujer de De Gaulle, católica ferviente empeñada en sanear París –también esto lo dice el rumor–, a quien la fama de este afán ha valido sobrenombre de solterona: la tía Yvonne. Lo primero sé que es cierto; la prueba, esta misma noche, es una tunecina a quien hoy va mal el negocio; será por la nevada. Va del bar a alguna mesa, de mesa en mesa, sin ofrecerse de palabra, como si conociese a todos, a alguien en cada mesa, lo cual es posible; sentada en un taburete de la barra o de pie fumando junto a la vitrola con gesto aprendido del cine, deja la iniciativa al posible cliente. Viene mucho hasta nuestra mesa, no en plan de negocio, lo que sabe inútil, pues aquí no hay dinero, sino para pedirle uno y otro cigarro a un compatriota suyo que, menor como ella y recién llegado de su país, refleja en las pupilas, incapaces de estarse quietas, su aturdimiento: ante la nevada, ante París. Pasan los años y sigo recordando en detalle esa noche; lo atribuyo a esa primera tormenta de nieve, aunque no del todo. La persistencia de esa imagen en mi memoria la debo también, mucho, a los Beatles, a Michelle. Al entrar al Mabillon, horas antes, oí esa canción por primera vez; antes de irme, pasadas las tres, la habré escuchado más de veinte. Aparte la popularidad de los Beatles, sus pocas palabras en francés la harán aquí su mayor éxito. Cada dos o tres piezas vuelve a escucharse en la vitrola, y nadie se queja, al contrario: se siente la animación de volverla a escuchar. A la larga, es a Michelle sobre todo a lo que debo recordar esta noche con tanto detalle –las manos inquietas del tunecino con un cigarrillo entre los dedos; los gritos del venezolano sentado con nosotros, pidiendo que cierren la puerta; los paseos de la tunecina de la barra a la vitrola, a una mesa, a nuestra mesa, otra vez a la barra; el fanguero resbaloso del piso al derretirse la nieve de los zapatos; el apretujamiento en este local pequeño lleno de abrigos mal colocados sobre respaldares; las puertas y paredes de cristal del café, que dejan ver la nevada en todo su esplendor–, a las repeticiones incesantes de Michelle, ma belle.

Cada vez que he escuchado luego esta canción, surge siempre, así sea como un relámpago, por un instante, la noche del Mabillon. El regreso al hotel es largo, mucho más que sus doce cuadras. Me demora la nieve: la depositada en el suelo, que me dificulta andar, y la colocada, como para una postal, sobre árboles, casas, pespunteando las torres negras de la abadía de Cluny, que me detengo a contemplar. Al día siguiente, sin un céntimo, dedico la mañana a llevar poco a poco mi escasa ropa a la habitación de un amigo uruguayo, cerca del hotel. Lo hago a escondidas, en una sucesión de viajes, con capas de ropa ocultas, puestas unas sobre otras. Luego anuncio a la dueña mi imposibilidad de liquidar las dos últimas semanas. Aprovecho su mudez para indicarle mi garantía: le dejo mi maleta llena; la he cerrado con llave y sé que la ley le prohíbe abrirla por un mes. Impotente –denunciarme no la ayudará a cobrar, más bien le dará más lata–, acepta. Me pasaré más de un año, hasta irme de París, evitando esa cuadra. Dentro de mi maleta descubrirá algún día la mujer lo que le he dejado en herencia: unas cuantas piedras, envueltas en periódicos, para evitar que se entrechoquen. La maleta vale menos: está medio desbaratada. Sin embargo, lamento perderla. La llevaron a Cuba de Francia, quizá de antes, de España, mis padres, cuando emigraron allá. En su tapa conserva varios antiguos sellos de papel, de los usados antes como contraseña de equipaje por las compañías navieras. Su presencia me enlazaba con emigraciones anteriores de generaciones anteriores. Ahora, despojado de ese último objeto de mi pasado, me siento ya del todo solo, a la deriva.

4.

Oscar ofrece solución temporal a mi vagabundeo por París, sin techo fijo, confiado siempre en una mano que me dé albergue: el grupo teatral que dirige va a participar ese agosto en un festival internacional de estudiantes; como es parte del programa, tendrá a su disposición varias habitaciones de los dormitorios estudiantiles de Nanterre, recinto universitario de las afueras, a media hora de París en tren. Y como su grupo se compone de españoles antifranquistas exiliados en Francia –más bien, sus hijos–, todos tienen casa en París; serán sus amigos ambulantes, y él mismo, también sin domicilio fijo, quienes aprovecharán la oferta de acomodo gratis. Allá vamos José Manuel, Oscar y yo, dispuestos a terminar un verano por todo lo alto.

5.

Abundan por París los letreros en los muros, siempre con algo de subversivo. No todos dicen su mensaje con palabras; a algunos les basta un signo, y de éstos, ninguno más emblemático que los labios pintados de Diderot.

Su estatua, en un parquecito frente a uno de los edificios de la Sorbona, es víctima de un vandalismo perpetuo: alguien –varios, supongo, puede que muchos– le maquilla cuidadosamente la boca con creyón de labios, del rojo más chillón, cada vez que el municipio lo limpia y le deja otra vez la boca color de piedra. No dura así ni unas horas; se diría que esa misma noche, la misma mano múltiple lo embellece de nuevo. Vivo un tiempo al doblar y jamás veo a Diderot dos días seguidos sin lucir sus labios rojos.

Aparecen también, fugaces, letreros escritos con tiza en las aceras; son obra de Nounou. Este hombre existe para algo más: reúne cada sábado, en algún patio prestado del Barrio Latino, una hueste cada vez mayor de más burladores o curiosos que seguidores; con su uniforme azul de almirante de opereta, me resulta el vivo retrato, desde la primera vez que lo veo, de ese cartero Rollin que Van Gogh conoció y pintó. Nounou usa la tiza para combatir las guerras con ironías y paradojas escritas por las aceras, y las pisadas de la gente, al borrar palabras, dejan sus preceptos transformados en cábalas inconexas, dándoles un carácter enigmático que sus ideas originales no tienen.

¿Cuántos años tendría que pasar Jesse James disparando su Colt 45 para matar a la misma cantidad de gente que mata una bomba atómica en un segundo?, dice una de las preguntas de Nounou.

Tendremos pronto … explosión … dureza de un tanque…, son los retazos incomprensibles que han quedado de otro de sus pensamientos.

6.

Nanterre es un lugar bien feo, sobre todo cuando se está acostumbrado a París y se le siente cerca. Al dejar la estación del tren aparece una especie de descampado agreste en el que hay sembrados varios edificios sin gracia, separados entre sí por herbazales crecidos y trillos de polvo. Este conjunto –el recinto universitario al que vamos– termina por un lado en un alto muro, que lo separa, no creo que por azar urbano, de un barrio de indigentes; en una próxima caminata me enteraré de que está ocupado casi exclusivamente por árabes. Entramos los tres a inscribirnos a una oficina donde el sol penetra al sesgo; no logran atenuarlo los cristales verdes sin cortinas que rodean por tres lados, con ambiciones de modernidad, el despacho. Esta arquitectura fácil la desconozco en París, donde sólo algún que otro café de ubicación desafortunada queda bañado a veces por este sol interior que marea.

En la oficina nos atienden sólo mujeres: una jefa y tres subalternas, de generaciones correspondientes y trato distinto. Mientras toma nuestras generales, la mayor nos enumera normas de orden y comportamiento; las jóvenes nos escudriñan y se nota su admiración: éstos son los artistas, piensan. Al llegar a nuestras habitaciones designadas, un primer descubrimiento: los dormitorios están segregados por sexos, estamos en un edificio sólo para varones. Otros grupos que van llegando para el festival comparten nuestro disgusto: esto es un trato infantil, un insulto a nuestra madurez. De todos modos, no sé ya si la escena siguiente fue espontánea o una excusa; el barullo se arma con demasiada rapidez como para recordarle un orden. Lo cierto es que nos sentimos menoscabados: no se nos puede tratar así; no somos estudiantes.

Nuestra célula inicial –somos ya no menos de seis– sale a reclutar adherentes a otros pisos del edificio y de los vecinos. Nos es fácil; si a otros no se les ha ocurrido la idea de protestar, la acogen enseguida con entusiasmo. También las mujeres se indignan; lo que pocos años antes muchas hubieran visto como protección ahora lo toman como insulto. No somos prostitutas para que nos metan en un gineceo, dice una. En procesión que asombra a las oficinistas cuando la ven venir, regresamos por entre los herbazales al despacho.

Tres nos representan en la protesta: un argelino, una checoslovaca y Oscar. No podía faltar; le gusta dirigir y protagonizar; en teatro hace las dos cosas cuanta vez puede. Me pregunto qué se siente ahora, mientras arenga a las burócratas: si estrella de un espectáculo en cuya realidad, como no sea escénica, no cree, o líder de una protesta popular verdadera.

Contra lo esperado, la jefa –su puesto debe ser alto; no tiene ni que consultar su decisión– cede sin un reparo. La razón principal es evidente: le importamos poco, no somos sus pupilos habituales. Me fijo más en las miradas de sus asistentas, entretenidas con nuestra breve y triunfal revuelta. De todos modos, en dos detalles es tajante la gerenta: no más de dos personas por habitación y nada de habitaciones mixtas. Aflojada la tensión, ahora sí hay teatro de nuestra parte: cómo pensar eso de nosotros, habrase visto, ni que fuéramos muchachos, madame, etc. Acatamos sus dos órdenes, sin subterfugios; a fin de cuentas, nadie desea atarse con una misma pareja para todo el festival. La mujer no lo sabe; con su rápido consentimiento, ha dado un paso fatal para la historia contemporánea de Francia.

7.

Aprovecho un viaje corto a Boston para comprar algunos libros en francés, difíciles de conseguir donde vivo; entre otros, escojo a Perec. En el París de los sesenta, hace casi un cuarto de siglo, Les Choses me resultó clave para entender actitudes, modales, de la vida de entonces. Me asombró además: una novela que se lee prácticamente de un tirón y no es sino un catálogo de tiendas, de compras posibles. Un siglo después de Flaubert, las múltiples obsesiones de Bouvard y Pécuchet se han reducido a una sola, las compras; con veinte años de anticipación, este relato anticonsumista se burla de la prosperidad de los ochentas; más bien, de las reacciones de mucha gente ante esa prosperidad. Examina, con sus enumeraciones, el arrebato comprador que acompañará al despunte económico.

La lectura de Les Choses me resulta una revelación. Observo a mi alrededor el reflejo exacto de la novela: cómo asoma en los jóvenes, dejadas atrás las escaseces de la postguerra, el delirio de poseer. También conozco su contraste, el reverso de estos personajes. Me lo muestra un conocido casual, luego amigo: su deseo es tener lo menos posible, atarse poco a las cosas; la austeridad de su infancia y adolescencia –nació con la guerra– la ha hecho suya, es un mundo propio que no quiere repudiar. Sus libros, salvo excepciones muy queridas, son prestados de biblioteca; su ropa, anodina y resistente, la indispensable; su casa, una habitación, gratuita, en el comercio de su padre; su comida, rutinaria, con sólo dos gustazos: vino y queso. Como él abundan en muchas partes del mundo; pero en París, avecinándose mayo, observo que él y muchos como él asumen esa conducta con tono de desafío, con el entusiasmo de una militancia. Gente que presume de tener el mismo abrigo desde hace quince años, como si esta perseverancia fuese algo patriótico, rasgo del carácter nacional; de tomar vino ordinario de barril, vivir en una casa de paredes de piedra construida tres siglos antes, carecer de lujos domésticos y bañarse con jabón de lavandería, dedicar los fines de semana a paseos campestres, probablemente en bicicleta, las noches a charlas con amigos en sus apretados apartamentos, de preferencia buhardillas. A ellos, o a sus mujeres, escuche sentencias como: las buenas amas de casa francesas no lavan sus sartenes con jabón ni mucho menos detergente, las limpian con migas de pan; el desodorante afecta los ganglios y sofoca los olores naturales del ser humano; y, consecuencia lógica: los perfumes son cosa de pederastas y prostitutas.

En el contraste entre estos dos mundos y sus costumbres reconozco en torno mío una de las tensiones más fuertes de este París de los sesenta; de ahí mi interés en Perec y su diagnóstico: media ciudad se desvive por modernizarse, con los ojos puestos en esa América de la que a la vez reniega; la otra mitad lucha por preservar espacio a un modo de vida, visto por el progreso como arcaico, acertadamente temerosos de verse un día en la necesidad de escoger entre una prosperidad un tanto plástica o desembocar en la calle, en las andanzas sin destino de los vagabundos.

8.

Los adelantos de la ciencia nos permiten prescindir de los cementerios militares; las bombas nucleares desintegran a los ejércitos, es otro postulado de acera de Nounou.

9.

Chez Jean, una de las tantas fondas o cafetines de París que se llaman así, está en un callejón que da a la plaza del Odéon, a pocos pasos de la estatua de Danton. Los españoles del barrio –asiduos, como muchos árabes y otros emigrantes– la llaman, con ostentación muy suya, Juan el Guarro. Esa suciedad es más leyenda que cochambre visible; al sentarse a la mesa, parte del ritual consiste en limpiar cuidadosamente los cubiertos, en particular los dientes del tenedor, con la servilleta. Esta vez voy a Chez Jean con Oscar. Pedimos, como de costumbre, couscous. Por el couscous venimos a Chez Jean: no sólo es barato sino se puede repetir la sémola cuantas veces uno quiera, hasta hartarse. Hemos entrado, a disgusto, por la puerta del frente. Junto a ella está echado, en su habitual papel de cancerbero, un perrazo con aspecto y fama de mansedumbre en la que no confiamos. Una correa larguísima lo deja moverse entre las mesas, aunque por lo general está echado y desde el piso vela el salón con sus ojos de carnero degollado. De pronto, con esa seguridad súbita, sin vacilación, de los animales, se alza, se acerca a la mesa que tiene más próxima, acabada de servir por el camarero, y de una certera dentellada arrebata su bisté a un cliente distraído en su conversación. Dos mordiscos rápidos le bastan para engullirlo y casi está echado de nuevo junto a la puerta antes de que su víctima note el hurto y comience, furibundo, a quejarse.

Le relato el robo a Oscar, que se ha vuelto al oír las voces a su espalda. La víctima protesta con energía; quiere, no sólo hacer valer su queja sino disimular el ridículo de haber sido burlado tan fácilmente por un perro. También busca confundir: hacer creer que el rubor de sus mejillas se lo da la rabia y no la vergüenza. Sabe que el café entero lo mira y aunque le duela, no puede escapársele lo cómico de una situación que, a pesar de sus esfuerzos de dramatizar, nadie puede tomar a lo trágico; al contrario, todos se ríen: pero lo hacen entre dientes, cuidándose de que una diversión demasiado ostentosa los arrastre a ser partícipes del incidente.

Su camarero, viejo como todos los de Chez Jean –esto también abarata allí la comida; los camareros tienen aspecto de viejos retirados, a quienes se pagará poco o nada, las propinas–, se acerca arrastrando los pies. Su andar es lento pero su mente perspicaz; antes de llegar junto a la mesa se ha dado cuenta de lo sucedido. Su reacción a la protesta es imprevisible: no sólo no se compadece del cliente sino lo amonesta, le reprocha su distracción; lo emplaza, aprovechando un silencio en el debate, con una frase lapidaria dicha en voz bien alta, para que el café entero la oiga: Pero señor, cada cual tiene que velar por su comida. Si usted no lo hace, no sé quién lo va a hacer, es la traducción más literal que puedo dar a sus palabras, menos rimbombantes en francés, por lo menos al oído. Va más allá: se resiste a sustituir el bisté hurtado por el perro, que digiere echado en el piso, ajeno y feliz. Al fin accede el camarero a reponer la carne, con gestos de misericordia, como quien hiciese una concesión magnífica.

Esta escena nos lleva a Oscar y a mí a recordar otra, de hace semanas: como de costumbre, estamos sentados uno frente al otro, en una mesa –como todas, comunal– para seis u ocho personas. Al lado mío está un hombre alto y flaco, de aceitunado rostro árabe, probablemente argelino. Apenas alcanzo a notar su gesto adusto, que Oscar me mencionará después como su principal característica: un ceño trabado, de severidad permanente. Estamos cerca de la puerta lateral, por donde acostumbramos a entrar para evitar pasarle por encima al perrazo.

Comemos los tres cuando pasa a nuestro lado un individuo, apresurado como un vendaval; en cuanto pisa la acera se larga a correr. De inmediato se arma en Chez Jean el alboroto: revuelo entre los camareros, alzar de cabezas de la clientela. Nos enteraremos, con forzoso atraso, de lo sucedido: un cliente –tan a la carrera huyó que ni siquiera vi sus rasgos– ha escapado sin pagar. Tras él salió, derrotado de antemano en su persecución, uno de esos camareros de pies agotados; sólo hace ademán de perseguirlo, como por quedar bien con su conciencia. Sabe inútil cualquier esfuerzo: enseguida se resigna –lo vemos por la puerta entreabierta– a ver desaparecer al ladrón por el callejón. Pronto vuelve al interior del café, vencido, murmurando. Comenta el caso con otros camareros, con algunos clientes. El incidente ha animado el lugar: se conversa en voz alta, se lanzan opiniones de una mesa a otra, condenando al delincuente. En sus paseos, el camarero burlado –es el nuestro, a él corresponde la zona del café próxima a la puerta lateral– se llega a nuestra mesa e intenta incorporarnos a su queja: ¿Vieron cómo se fue sin pagar? Agrega algunos improperios: vagabundo, ladrón. Siento a mi lado animarse la presencia, hasta entonces imperturbable, del árabe –lo llamo así por identificarlo pero quién sabe si lo era: habló en francés con acento, eso sí–, que tira sus cubiertos contra el plato, se vuelve hacia el camarero y sin necesidad de alzar la voz, le suelta con sequedad tajante: ¡Quizás tenía hambre, señor! Más rotunda me sonó su frase en francés, y la transcribo: Peut–être il avait faim, Monsieur!

No dice más. Se vuelve de nuevo hacia su plato, recoge con parsimonia sus cubiertos desparramados y sigue comiendo con la misma calma de antes, mientras el camarero se aleja, respondiéndole prudentemente de espaldas con ruidos mordidos, incomprensibles. Lo suficiente como para hacer constar su desacuerdo pero con la prudencia de no buscarse una segunda réplica. Después de eso, la puerta lateral que sirvió a la fuga permanecerá siempre cerrada; tendremos que entrar por la del frente, pasando casi por encima del perro echado, que no se mueve para nadie.

10.

Los dormitorios de Nanterre prometen una comodidad de la que hace tiempo no disfrutaba. Para colmo de suerte, los comedores funcionan ya, aunque seamos todavía pocos; faltan dos días para el inicio del festival. Los tres nos quedamos en la universidad, sin pensar en París, aprovechando estas vacas gordas.

Cayendo la noche, pasamos por delante de la oficina de registro. La jefa se ha ido; quedan sólo las tres subalternas; a juzgar por sus carreras de mesas a archivos, guardan y se preparan para cerrar la oficina. Oscar nos detiene con gesto de ocurrencia; sin más explicaciones, se coloca de pie ante uno de los ventanales que rodean el despacho, tieso como una momia, con la nariz pegada al vidrio y la mirada inmóvil, hacia adentro, fija en el ajetreo de las muchachas. Ellas lo descubren sin dedicarle atención más que de paso, una sonrisa si acaso; lo que les interesa es terminar, irse. Oscar sigue impasible, vigilándolas como un centinela. Nos entendemos sin palabras, como actores de una improvisación: José Manuel y yo nos colocamos a sus dos lados, a distancias iguales y en posiciones idénticas a la de él, con las miradas clavadas dentro y las manos unidas a la espalda.

Ahora las muchachas sí nos notan. Su primera reacción es previsible: se echan a reír; las galanteamos, les hacemos payaserías para llamarles la atención, preparamos el terreno a una aproximación. Mal momento, después de horas de trabajo: hacen entre sí comentarios que no podemos oír, de los que sin duda somos el centro, pero su prisa domina su curiosidad o su posible interés en sumarse al juego, en coquetear. Oscar, aprovechando uno de esos segundos de escasa atención, nos conmina con rápidos gestos a seguir así, en la más completa inmovilidad física y facial; debemos hacerle caso, ajustarnos a su puesta en escena. Ha ideado, otra vez, un happening. Desde conocerlos, le apasionan; curiosamente, no con miras al teatro. En escena prefiere la conmoción y el estruendo de las ceremonias calculadas; los happenings los reserva para situaciones callejeras como ésta, experimentos de la vida diaria.

Se va haciendo evidente: nuestra quietud, su duración, no agradan ya a las muchachas; su risa se va apagando, convertida primero en sonrisa desconcertada, luego en mueca que mal disfraza su inquietud, en medio de una continuada actividad. Su preocupación la delata la manera en que se hablan sin perdernos de vista: han dejado de mirarse. Nosotros tampoco dejamos de mirarlas y no nos decimos ni una palabra, no nos hacemos un gesto; si acaso nos comunicamos con ruidos: según su tesitura y duración, expresan diversión, llamados de alerta, a la concentración; las bocas no pueden abrirse ni los ojos cruzarse ni la posición del cuerpo variarse. Ésa es nuestra consigna, concertada sin palabras.

A las tres les resulta ya imposible disimular: algo de miedo tienen. Sus carreras carecen de sentido; llevan y traen papeles sin ton ni son. Dilatan su salida de la oficina con la ilusión de que nos cansemos, nos vayamos. Nuestra persistencia las desalienta; seguimos ahí, como tres catatónicos. Su desasosiego las lleva a formar un conciliábulo; lo hacen absurdamente, acuclilladas, ocultas tras la mesa de su jefa, el mayor mueble del despacho. No hace falta oírlas: discuten quiénes somos, qué pretendemos; trazan un plan.

A Oscar tampoco hace falta escucharlo: está absorto de felicidad con el éxito de su improvisación. Los tres presenciamos este teatro vuelto del revés: aunque comenzamos siendo los actores, las cosas ahora se han trastocado; nos hemos vuelto espectadores, quietos, atentos, y ellas, con sus andares y sus tareas, su complot infantil que quisiera escuchar, nos dan el espectáculo.

Su situación es trágica: la única puerta del despacho está junto a Oscar y más allá se abre el descampado, mal alumbrado y desierto, unos sesenta metros de terreno baldío que deberán atravesar antes de alcanzar la ajetreada calle. Su actuación es previsible: acurrucadas detrás del enorme buró, de vez en cuando asoma una la cabeza por encima del pupitre, dejando ver sólo la frente y los ojos, como los personajes de comedia en situaciones similares: tienen la ilusión de que mientras dejaron de mirarnos, nos hubiésemos desvanecido. Toman una primera medida: apagan la luz; quieren, con la oscuridad, conjurar nuestra presencia. Es peor: los faroles de la calle iluminan el interior de la oficina, delatan sus más mínimos movimientos, mejor incluso que antes. Somos en cambio nosotros, alumbrados ahora sólo por la espalda, quienes hemos quedado a contraluz: no pueden vernos el rostro, somos siluetas amenazantes. Con su equivocado apagón, ellas han quedado habitando un escenario.

Desde nuestra primera fila presenciamos la escena final de la comedia. Oscar podrá luego vanagloriarse: la concibió de un golpe, impecable, y la ha manejado con exquisita prudencia, sin dejarse tentar por excesos capaces de desbaratar el decisivo efecto de su idea. Ellas, actrices a desgano pero obedientes de su director escénico, siguen deshilvanando su madeja dramática.

Encienden la luz de nuevo. Colocan otra vez algunas de sus cosas sobre las mesas. Buscan hacernos creer que no piensan salir. El resultado no es ése que pretenden: se siente un absurdo, como si la noche hubiese pasado en un instante y las tres se dispusieran a comenzar un nuevo día de oficina. Algo más traman: mientras pretenden trabajar, se hablan con sigilo, como dirigiéndose a sus mesas. Concentrados en ellas, en sus movimientos, no se nos escapa cómo preparan sus carteras, cómo una de ellas sujeta entre sus manos un llavero y sin mirarlo, por el tacto, escoge entre sus dedos una de las llaves. A una pactada voz que no podemos escuchar las tres se levantan a la vez, corren a la puerta, salen apretujándose, cierran tras sí a toda velocidad, sin mirar, en una fuga súbita, y se lanzan por el terreno baldío, pero no hacia la calle sino hacia los edificios universitarios.

Aunque corren y nosotros caminamos, no logran alejarse mucho. Nuestras zancadas y sus vacilaciones, sobre todo nuestra inflexible marcha militar, nos mantienen a la misma distancia en el cruce del descampado, como esas películas en que las miradas atrás de la fugitiva, a pesar de la celeridad de su carrera, no consiguen alejarla del monstruo –zombi, gólem, Frankenstein– que la persigue implacable, a paso lento y maquinal. Cuando alcanzan el primer edificio se meten sin pensarlo dos veces por una pequeña puerta lateral; conocían esa entrada, no la tantearon, la sabían abierta, esperando por ellas. Segundos después, nos asustarnos por primera vez: a punto de entrar al edificio, escuchamos dentro el ruido de un disparo. Ahora nos toca el turno de correr hacia la puerta; entramos a toda prisa por ella y nos vemos de pronto en una sala oscura, donde nos caen encima sombras luminosas, a la vez que una invisible orquesta situada al lado nuestro insiste en una melodía, primero machacona y agorera, luego amorosa, sensual.

Apenas salidos de ese extraño espacio, un potente faro nos ciega; entre los silencios de la música escuchamos carcajadas y acostumbrados poco a poco a la luz, nos descubrimos en escena ante un público: nos miran, se ríen de nosotros, desde la platea, como si protagonizáramos una farsa y el disparo recién escuchado no tuviese importancia. La luz del faro no nos deja salir del aturdimiento: no es fija; sus destellos oscilan, bailan en un zarandeo de luz y sombra. En un pasillo lateral del teatro, riéndose de nosotros junto al público del lunetario, están ellas tres. Al dar unos pasos más descubrimos qué es eso enorme que se alza a nuestro lado: una pantalla; estamos en un cine. Al primer vistazo, reconozco, aunque muy al sesgo, la película proyectada: es el final de North by Northwest, que conocí traducida como Intriga internacional. Termina: el jerarca de la CIA acaba de matar de un disparo —el que escuchamos— al malvado Martin Landau, cuando éste, a pisotones, intentaba precipitar desde lo alto de las cabezotas presidenciales del Monte Rushmore a Cary Grant y Eve Marie Saint. Los miembros del Cine Club Universitario nos vieron entrar por un lado de la pantalla, saltando a Nanterre desde las Negras Colinas de Dakota del Sur, en el mismo brinco en que la actriz ha saltado a esa litera superior de un tren que, al fin, compartirá esa noche con su galán.

Oscar sacará luego a relucir su romanticismo. Especulando sobre qué impresión causamos a las muchachas, qué habrán dicho de nosotros mientras las manteníamos encerradas en su oficina, se compara y nos compara con aparecidos, convidados de piedra. No lo contradigo; esta obra fue creación suya y merece guardarla en la memoria tal como la vio y la sintió. Mucho me temo, sin embargo, que jamás las muchachas nos vieron, ni como figuras del más allá ni como visitantes de otros tiempos o de civilizaciones perdidas. Tiendo a considerar sus elucubraciones mucho más simples: para ellas, fuimos tres sujetos peligrosos, por muy artistas del festival que seamos; tres emigrantes de mala catadura, alterados al caer la noche ante la presencia de unas jóvenes francesas.

11.

No la he tenido en veinte años y de pronto, ahora, al escribir sobre eso, me viene la duda: ¿era efectivamente Diderot el de los labios pintados, o era Voltaire? En mi memoria se produce una confusión: la palabra que recuerdo asociada a esa estatua es Diderot. La imagen es la de Voltaire. Me fastidia seguir así: en una de mis cartas a José Manuel –ahora frecuentes– le pregunto de quién era la estatua en el parque al costado de la Sorbona que siempre tenía los labios pintados. Su respuesta me sorprende: no recuerda, no sabe de qué le hablo, no tiene idea de que alguna vez haya habido en un parque de París una estatua a la que los bromistas le pintasen los labios y mucho menos, que nosotros nos hayamos divertido contemplándola. Me sugiere: pregúntale a Oscar; me da su dirección en París.

Algo de asombroso tiene este olvido total de José Manuel: fue precisamente él quien descubrió la estatua pintada, quien me la mostró por primera vez. Me pregunto si vivir como vive, en una atmósfera diferente, rural, relega al olvido cierto orden de cosas, disímiles a las de su mundo cotidiano. Si de haber seguido viviendo, como yo, en ciudades, recordaría esa burla tan propia de una ciudad: pintarle los labios a Diderot.

12.

He conseguido una tarjeta inapreciable: me disfraza de crítico y me permite ir gratis a muchos teatros de París. Frecuentando los espectáculos, pronto aprendo a desconfiar de mi olfato, tan certero en cine: obras a las que voy por echar la noche resultan extraordinarias sorpresas; algunas a las que asisto sin falta me decepcionan. La Soprano Calva, con doce años en escena, es una de éstas; también, el Cuento del Zoológico. No las piezas; las puestas en escena. Vi en Cuba versiones de las dos y me sorprende preferirlas. Pronto caigo en el por qué: la tradición, el respeto, han lastrado las versiones francesas. El desenfado, la improvisación, dieron el triunfo a las habaneras.

Dicho así, resulta una generalización demasiado dudosa. También en la Cuba de mis primeros espectáculos se seguía una tradición; sin quererlo, a contrapelo incluso de teatristas que se pretendían de formación cosmopolita. Era la de nuestro único teatro verdaderamente cuajado: el vernáculo, con sus múltiples variantes: bufo, farsas costumbristas, picaresca. Los actores de estas comedias populares, de espectáculos a veces obscenos, de relajo, mirados con aires de superioridad por colegas entregados a una labor más ambiciosa, marcaron a éstos con muchas de sus afectaciones, les enseñaron sus tretas. No importa que quienes se pretenden actores serios crean haberse liberado de este repertorio de truquitos escénicos; el estilo de los artistas populacheros les ha calado.

Así, los actores cubanos de Ionesco y Albee dan a sus presentaciones una comunicación farsesca con el público de tono muy criollo, creyéndola guiño pirandelliano. Por lo menos en estos dos casos, la equivocación cuaja, les va como anillo al dedo. Las dos representaciones vistas en La Habana adquieren a mis ojos en París una dimensión especial: frente a las versiones francesas, más apagadas, atrapadas en escena, resultan las cubanas mucho más modernas por su desvergonzada apariencia de teatralidad, su ruptura vodevilesca de los moldes, de las barreras entre actor y espectadores. Los actores cubanos, engañosamente creídos de su estirpe estanislavskiana o seguidores empedernidos del Método, eran en realidad hermanos de los cómicos del patio y sus personajes de siempre: el negrito, el gallego, la mulata; era a partir de esta tradición vernácula que anunciaban a su manera tendencias, cambios inminentes del teatro: el happening, el Living, Grotowski, el espacio único. En Francia, la Soprano resulta una cuidada labor intelectual, la trabajada transposición de un texto; en Cuba, la obra cae en un frenesí tan vital que, por años, sus frases más salientes serán dichos repetidos oportunamente por el mundillo que frecuenta los teatros. Mil veces escucho repetir sus frases, oigo decir que el agua coge candela.

13.

Camino del cine, en la esquina de la rue d'Ulm, descubro una consigna pintada con ferocidad en un muro. La casa cierra la bocacalle y el letrero queda estampado como en una valla, un escenario: A los pueblos se les gobierna siempre demasiado. No lleva firma.

Descubriré el origen de la frase años después, en un libro publicado años antes de pintado el letrero. Trata sobre el anarquismo y lo escribió George Woodcock, de quien no sé nada: el volumen ha sido reencuadernado en biblioteca, despojado de las carátulas originales donde habría podido encontrar datos sobre su autor. De todos modos, lo importante no es Woodcock sino que en el capítulo dedicado al anarquismo en Francia encuentro, ahora en inglés, la misma frase: A los pueblos se les gobierna siempre demasiado. Esta vez, atribuida.

La dijo por primera vez, también en Francia y en 1848, el anarquista Anselme Bellegarrigue. Un estudioso, un lector, quizás de este mismo libro de Woodcock, se la apropió y la consideró oportuna para la Francia de 1967, al borde del centenario de la Comuna. Dato final sobre Bellegarrigue, consignado por Woodcock: se fue de maestro a Honduras y, antes de morir, sirvió como funcionario en el gobierno de El Salvador.

14.

Llego a París cuando todavía es como las imágenes que, adolescente, me familiarizaron con esa ciudad; sus principales edificios, monumentos de distintos siglos, acumulan, renegridos, una capa de betún: cubre de arriba abajo sus fachadas, a excepción de algunos protegidos resquicios que sirven para diseñarlos en el espacio como la plumilla de un arquitecto. Estos siglos de hollín y alquitrán dieron a mi visión juvenil y lejana de París un aire de antigüedad melancólica, emparentada con lo que para mí era entonces el gesto más moderno de esa ciudad, el más reconocible e inmediato: el existencialismo y su abandono. Una mezcolanza de realidad y artificio, visiones con algo de autenticidad y no poco de turismo.

Notre Dame y otras iglesias, Cluny, sobre todo la Conciergerie, con esas torres puntiagudas, semejantes a los sombreros de las damas medievales que vi de niño en ilustraciones de tantos cuentos, conservan ese manto negro: destaca los relieves y contornos de la piedra; y en invierno, al contrastarse su negrura con la nieve, da a esas construcciones una monumentalidad sombría que a mis ojos las embellece, les incorpora una historia.

Poco después de mi llegada, esos edificios comienzan a cubrirse, uno a uno, de enormes toldos verdes; por grande que sea el monumento, lo cubren totalmente. Cuadrillas de obreros provistos de mangueras lanzan contra las renegridas fachadas chorros a presión de no sé que mezcolanza —no es líquida como parece, me dicen, sino un polvo— y con ella limpian los edificios, devolviendo a sus fachadas el color virginal, arenoso, de la piedra. La idea ha sido del Ministro de Cultura, Malraux, ese hombre a quien muchos leyeron y pocos, por lo que veo, entendieron: les extraña su devota afiliación a este gaullismo defensor de los valores establecidos, igual que les desconcierta este afán de modernizante limpieza, su aparente deseo de atraer con ello a los turistas. No comprendieron a Malraux: las dos decisiones cuadran a cabalidad al protagonista autobiográfico de L'Espoir y su pragmática y resignada aceptación de los rumbos de la historia.

Mucho se discute qué beneficia más a los edificios, cómo se ven mejor. Escucho en la calle a un hombre que, al ver los andamios, grita, lo bastante alto como para que los demás lo oigan y, quizás, lo contradigan: ¡No irán a limpiar Notre Dame! Y sí, terminan por limpiarla. El París que va quedando, donde los edificios privados imitan la furia blanqueadora de Malraux, sigue siendo hermoso, quizás la más bella de las ciudades, pero para mí, inevitablemente, algo le ha pasado, algo le han quitado. No puedo emparentarlo ya, más que con la memoria y la imaginación, a las calles recorridas por las prostitutas de Brassai o las estaciones de trenes frecuentadas por Jean Gabin. Es como si Roquentin hubiese abandonado sus callejones y hubiese quedado para siempre encerrado entre las tapas de La Náusea.

Limpia, Notre Dame se iguala a otras catedrales góticas, tan únicas y espléndidas como ella: Amiens, St. Etienne, Chartres. Antes, renegridos, los monumentos de París tenían nombres propios; desaparecida su capa de alquitrán, las presencias que los habitaban, constantes a través de la patente acumulación de siglos, han sido borradas: del Louvre, las pisadas de Francisco I; de la Conciergerie, los lamentos de María Antonieta; de Notre Dame, las furiosas campanadas de Quasimodo. Lavados, estos tres edificios tienen ahora nombres comunes: son un museo, un palacio de justicia, una catedral.

15.

José Manuel cumple lo prometido: me lleva a una sesión de Nounou, nombre con algo de tahitiano; en ruta, nuestra charla toca los letreros de París, cada vez más abundantes. No sólo los de Nounou, que por él viene la conversación; también el de Bellegarrigue, otros que no he visto y hasta los labios pintados de Diderot, interpretados justamente como una proclama. El tercero entre nosotros, un estudiante peruano de traje oscuro, cabellos alisados y afiliación trotskista, asegura que esas consignas, esos pronunciamientos y lemas de apariencia fortuita e inconexa, ocultan una trama perfectamente anudada. Esos numerosos letreros transmiten al iniciado —esto decreta, con convicción tajante— un mensaje de pensamiento y acción, a la vista de todos aunque ininteligible sin su clave. Al habilitado para su lectura le revelan hechos, lugares, convicciones; le comunican ideas, le imparten órdenes. No es tanto un mensaje en clave preciso —de ser así, terminarían por descifrarlo los expertos— como una cábala inmanente, comprensible sólo a quienes piensan de idéntica manera, siguen un mismo dogma. Los demás, agrega, con cierta emoción en sus frases, los vemos con la inocencia del pagano al recorrer una iglesia: ignora que transita por el signo de la cruz.

16.

De milagro alcanzo esa noche el último tren para Nanterre. En las escaleras y pasillos de los dormitorios encuentro una actividad de mediodía, más animación que en muchas de las calles ya dormidas que dejé en la ciudad. Parejas recientes suben y bajan, van de un piso a otro: escogen cuál de las dos habitaciones, la de ella o la de él, les servirá mejor para pasar la noche o un rato juntos; como durante el resto del festival, la decisión dependerá sobre todo del uso que le esté dando el respectivo compañero de cuarto.

Tropiezo en los rellanos con enamorados acurrucados; esperan turno, han tenido mala suerte: las habitaciones de los dos están ocupadas, en uso. No todos se abrazan. Algunas parejas leen, con las cabezas y los cuerpos juntos, el mismo libro. Otras conversan en grupos, por lo general muy quedamente: más se escuchan los pasos de quienes vienen y van que estos numerosos cuchicheos desparramados a derecha e izquierda por los pasillos o arriba y abajo por las escaleras.

La situación despierta un contraste: más besos fogosos, más manos apasionadas se ven a cualquier hora en los parques o los vagones del Metro de París. Aquí, las parejas, deseosas de no perturbar ni ser perturbadas, se mueven con reserva, conversan en susurros, se deslizan con la discreción de quienes circulasen, en plena función, por entre las bambalinas de un teatro. Cada una desea mantener su intimidad; quizás mañana estén con otros pero hoy se comportan como enamorados deseosos de sentirse únicos en el mundo.

En una vuelta de la escalera me topo con Oscar. Viene de nuestra habitación, o eso parece, y me da una sorpresa: lo acompaña una de las oficinistas ante quienes representamos nuestra improvisación de la vidriera. Sonríen con picardía al verse descubiertos por mí; él, dos veces más grande que ella y por lo menos diez años mayor, con más ingenuidad. Te esperan, me dice al encontrarme, indicándome con los ojos hacia lo alto. ¿Quién me esperará en el cuarto, o sentada en el suelo, a la puerta? Como si no lo adivinara. Pero antes de comprobar mi corazonada, veo pegado a la pared, en lo alto de las escaleras, un afiche que conozco: lo he visto en postes de París; anuncia los anticipados actos con los que la ciudad, o parte de ella, se prepara para conmemorar el centenario de la Comuna. Ese cartel colocado allí, ilustrado con una foto de la época donde aparecen las barricadas comuneras, preside la saturnalia; como si ésta fuese parte de los prematuros festejos e iniciase, con su reto al orden, las celebraciones en desagravio a los vencidos rebeldes.

Al doblar la escalera veo a mi puerta lo que presentía: allí está sentada Denise, otra de las oficinistas, cuyo nombre aún no conozco. Al día siguiente me enteraré de él y de otras cosas, como de dónde pasó la noche la tercera: con José Manuel; como si la representación creada por Oscar frente al despacho de las tres, más que un improvisado happening hubiese seguido el texto de una obra griega, trazando un presagio que nos unió a los seis esa noche.

17.

Qué extraño, qué curioso y qué coincidencia. La frase la oigo repetir infinidad de veces en La Habana de fines de los cincuenta. A cierto tipo de gente: los aficionados al teatro, que no son muchos. Es una cita de la primera escena de La Soprano Calva, o por lo menos de la traducción usada para su primera representación habanera; la escena en que un hombre y una mujer se maravillan al ir descubriendo cuántas coincidencias aproximan sus vidas, para terminar esa exploración con la tremenda sorpresa: son marido y mujer. La frase se repetía con cualquier excusa, tontamente, siempre con cierta pedantería de entendidos: los demás no saben de qué hablamos, nosotros conocemos a Ionesco. Se sacaba a relucir con simpleza o con soma, por gusto casi o con acierto, hasta que las preocupaciones de la revolución y otros estilos, otras modas, la hicieron caer en desuso.

18.

El origen bordelés de Denise es tema de nuestra primera conversación. Por ella y su sinceridad hago un descubrimiento: corrientes políticas ocultas buscan manipular el festival; ella es organizadora regional, encargada de llevar y traer a grupos invitados y a espectadores visitantes, y para su selección la guían en buena medida instrucciones venidas de arriba, de su organización: es afiliada de carnet a las Juventudes Comunistas y de sangre al Partido: su hermano, bastante mayor que ella, trabaja en L'Humanité. Mi hermano trabaja en lumá, dice dando al periódico su apócope familiar, y para colmo me lleva sin consultarme a conocerlo. Es evidente: no cree posible que su naturaleza le permita simpatizar con un apóstata de la izquierda, está segura de que mi exilio es algo así como una locura transitoria, curable. Así me presenta: no un desengañado sino todo un disidente temporal y concienzudo, un marxista tradicional temeroso del aventurerismo. Esa descripción, bastante incongruente con mi aspecto y mucho más con las cosas que me ha escuchado decir, complace al hermano: convencido por los lazos de sangre de los disparates que le cuenta su hermana, se lanza a divagaciones políticas que no escucho. No me hace falta: me las sé de memoria y no necesito oírlas para saber cuándo asentir o cuándo intercalar frases hechas; de sobra me conozco las palabras claves de esta jerga. Por encima de todo, el hermano es jovial: quizás tampoco crea demasiado la versión que de mí le da su hermana, pero la acepta; le permite actuar con despreocupación, dejarse llevar por su carácter. Atribuyo su desenvoltura a la ciudad y comparándola con la rigidez adusta que tantas veces conocí, recuerdo un chiste traído a Cuba por visitantes de Europa Oriental. Decía así:

El mundo entero es ya comunista, como Marx previó, pero los nuevos dirigentes desean preservar un país regido por el sistema capitalista, una especie de museo del bochornoso pasado que pueda ser visitado por futuras generaciones, como modo de apreciar lo ganado. Al cabo de muy breves discusiones, la selección es unánime: Francia. Éste será el lugar a visitar para saber cómo éramos, cómo vivíamos. Surge entonces un problema: ¿cómo gobernarlo? ¿A quién, que sepa hacerlo, encargar su dirigencia? Esta súbita preocupación es echada a un lado pronto, sin mucho pensarlo. Nada más fácil: al Partido Comunista francés. El chiste, que se pretendía burlón, peyorativo, estaba en realidad cargado de ilusión.

19.

No puedo seguir con la duda a cuestas: ¿quién era el de los labios pintados, Diderot o Voltaire? Esta posible confusión no me hace dudar de mi memoria, no me lleva a vacilar ante otros detalles mencionados aquí; en definitiva es un dato específico, como una fecha, y mi relato recoge acontecimientos vividos, sobre los cuales no me cabe la menor duda; es como confundir un patronímico, como si Denise no se llamase Denise sino Michelle; no tiene importancia. Y sin embargo, a pesar de tener conciencia clara del poco peso de este secundario detalle, me inquieta, como si a mi texto lo manchase un borrón; me frena la mano, sintiéndolo como una mentira que empaña lo demás.

No lo pienso más. Sé que Oscar esta en París y aunque deseaba esperar, no escribirle hasta tener terminada esta relación, enviársela como saludo al cabo de tanto, descarto este plan. Le escribo enseguida y le hago la pregunta, tratando de ser lo más preciso posible: la estatua junto a la Sorbona, la que siempre tenía los labios pintados, ¿a quién representa?

Envío la carta, sustentando un temor: ¿sabrá de qué le hablo? ¿Habrán tenido para él la suficiente importancia los labios pintados de Diderot como para recordarlos, o le pasará como a José Manuel y será mi memoria la insólita? Espero y mientras, sigo escribiendo, aunque con un germen de distracción en la mente, con el descuido de quien piensa que ésta no es, no podrá ser, la versión definitiva de mi relato. Sólo lo será cuando tenga en mis manos ese dato.

20.

El suceso se ha repetido tres veces en mi vida, con escasas diferencias, como variaciones de un tema. En el primero –no el primero en ocurrir, el primero que recuerdo; evoca los otros– ceno entre anarquistas. Se lo debo a José Manuel, como ellos empleado nocturno de limpieza en una tienda por departamentos del centro de París. Cada noche, los restos de comida sin consumir en la cafetería de la tienda quedan a disposición de los empleados, y allí me cuela José Manuel cuando quiero llenar el estómago después de varios días magros o tomar un poco de vino con él y sus compañeros. Los anarquistas, españoles refugiados en Francia desde la guerra civil en su país, se ajustan como anillo al dedo a cuanta descripción, seria o caricaturesca, he escuchado o visto de ellos. Resultan gemelos de un sastre amigo de mi padre, también anarquista y español, que conocí en Cuba, pero también se parecen a figuras de otros países cuya descripción ha llegado a mí por el cine, por lecturas, por relatos. Son, por encima de todo, anarquistas, aparte de que su habla los identifique además como españoles. En cuanto a gestos, rasgos, palabras, modos de vestir, igual pudieran ser rusos o italianos.

Fuman sin parar; muerden la colilla como si a la vez la quisieran fumar y masticar. La picadura se les deshace entre los dientes, se les adhiere la pelusa a los labios, y el juego de despegarla o escupirla es parte del solaz, contribuye a la parsimonia con que se desenvuelven y conversan, en una charla de sobremesa escalonada por largas pausas, de monjes sin prisa. Tienen manchados de nicotina los dientes que conservan y los boquetes en las encías de los que han perdido; igualmente amarillentos unos y otros, entre charcos parduzcos de saliva.

Comemos en platos de loza y con cubiertos de metal, pero los gestos de sus manos, de sus brazos, de sus bocas, son como si manejasen escudillas y cucharones de madera, como si tuviesen ante sí la potajada de una hostería medieval y no un menú rápido de mostrador como éste que cenamos, que igual da comer frío o caliente. Luego despacharán el trabajo con rapidez y –eso creen– mal. Ignoran que no más espera de ellos su patrón, con esa limpieza superficial le basta. Su charla, anticipada en el cuidadoso manejo de cigarrillos y palillos, vuelve pronto a la política las pocas veces que se aleja de ella. Una política muy de ellos, poco preocupada por los acontecimientos, por lo actual; si los comentan, es con poco interés, más como trampolín desde el cual saltar a conceptos generales, teorías, a ese mundo de lo posible que les apasiona mucho más. Jamás discuten; su conversación es tranquila, punteada por asentimientos murmurados. No hablan para debatir sino para corroborar.

Mi caso, mi situación, se ajustan sin dificultad a su visión de las cosas; me reciben con la mayor fraternidad, con solicitud. Dada su experiencia española, no los sorprendo: dejé Cuba porque allí están los comunistas, los que consideran peores: los soviéticos. Les he hecho algunos cuentos de allá, aunque no sé si los escuchan del todo: no les digo nada nuevo; me oyen tras sus humaredas, y de vez en cuando asienten con palabras entredichas o con las cabezas. Su relación conmigo es espontánea, delata la misma ingenuidad que manifiestan ante tantas cosas, a pesar de tener dos guerras a sus espaldas. No sé si me engaño; quizás estén tan cujeados que nada puede alterarlos. Como si después de mucho vivir, se hubiesen ajustado, en papel de actores veteranos, a este molde anarquista de campesinos agrestes, sin más historia que un estrecho contorno.

No sé si esta presencia es legítima o un disfraz, una manera necesaria y conveniente de ocultar el presentimiento –o la convicción– de su derrota, o de aceptar que alguna vez creyeron en una fantasía irrealizable, o de saberse superados por los tiempos, figuras anacrónicas; o más aún: con su teatral postura buscan cerrarle el paso a esos pálpitos de fracaso, aunque los consideren posibles, y viven felices, plasmados en su tradicional estampa, a la espera del desquite, aunque en sus adentros acepten que más próxima es la muerte. De todos modos, si han alcanzado esa calma es porque –y esto sí parece legítimo, veraz– esa muerte ya poco les preocupa.

21.

Tropiezo con José Manuel al doblar un pasillo de los dormitorios. El encuentro parece casual y sin embargo, su aparición en mi camino tiene algo de celada. Su actitud no disipa esta impresión; con ademanes y cuchicheos de conspirador me hace saber un rumor: hay fiesta en la habitación de las polacas. No nos hace falta contraseña: abren, nos invitan a pasar. Aunque nada prohíbe fiestar hasta las tantas, nos hacen entrar rápido, prolongando el tono conspirativo que José Manuel auguró.

Las acompañan –son tres– dos yugoslavos. La aritmética, cuatro por tres, dispone la situación para una batalla. Pero un gesto lleva esta posible lucha a segundo plano; una de las polacas va tras un sofá y echa mano a una botella de vodka: la saca de una caja, en la que quedan por lo menos diez botellas más. Admiro, cuando nos sirven, la agilidad de las posturas y movimientos de estas mujeres: se manejan como si tuviesen más de dos brazos, como animales reencarnados, parientes de la araña o el pulpo; en cuclillas sobre el piso, se yerguen como cobras; mueven la cabeza de un interlocutor a otro con la celeridad y alarma de algunas aves. Dos días más tarde sabré por qué: pertenecen a un grupo teatral, al que llamar de danza, como hacen algunos, me resulta inexacto. En sus espectáculos jamás salen a escena; el público sólo ve sus sombras. Su representación entrelaza figuras de la danza contemporánea europea con teatros asiáticos milenarios, y presenta, con movimientoss geométricos o escenas narrativas, según el caso, una especie de moderna commedia dell'arte. Múltiples luces colocadas entre bastidores, a ambos lados o al fondo de la escena, tras la pantalla traslúcida donde aparecen silueteadas las escenografías de cada acto, son el fundamento de su curioso espectáculo. Los actores–mimos guían la acción con estilizados movimientos emparentados con el baile y, a ratos, gestos dramáticos convencionales –los que acompañan, por ejemplo, al asombro o la furia–; basan el desarrollo de su drama en la proximidad o la lejanía, tanto de las ocultas luces como de esas pantallas colgantes, con lo cual se achican o agigantan a voluntad. El momento en que el genio –su sombra– sale de la lámpara ante nuestros ojos, pasando de mínima humareda a presencia descomunal, podría ser la idea germinal de este espectáculo único. Igual de fascinantes son las manos mágicas y enormes, devoradoras de niños, o el bosque encantado que brota y crece en una sola noche.

De haber visto su programa antes de esta visita, estaría ahora cohibido de admiración ante las polacas, que aunque en París y en verano beben como en Polonia en invierno. Tragan el vodka a vasos llenos y siguen como si tal cosa. Los yugoslavos beben en cambio con la parsimonia de quien desea mantenerse lúcido, no perder el sentido y arruinar así sus planes de la noche. No los molestamos, no parece. A nosotros dos todo se nos vuelve beber y sonreír, brindar y sonreír. Estamos separados en tres grupos, sin idioma común.

Como buen escritor que se siente intolerablemente enmudecido, José Manuel decide inventar un lenguaje. Agarra una botella ya vacía de vodka y señalando su marca, Wyborowa, entona una letanía en la que repite, una y otra vez, esta misma palabra, aunque dicha a cada ocasión en tono diferente, como si fuese una cábala capaz de contener todos los significados del mundo: Wyborowa, dice con reverencia; Wyborowa, romántico; Wyborowa, cruel; Wyborowa, sensual. Wyborowa siempre pero Wyborowa cariñoso, Wyborowa solemne, Wyborowa insinuante, Wyborowa colérico, Wyborowa trágico. Y son cosas: Wyborowa es la lámpara, Wyborowa el vaso, Wyborowa la acariciada mano de una de las mujeres, Wyborowa su olor. A partir de su pauta, comenzamos a dialogar.

Wyborowa se repite, lento Wyborowa, entrecortado Wyborowa, tierno Wyborowa, urgente Wyborowa, tú Wyborowa, yo Wyborowa, la noche Wyborowa. Wyborowa –Wyborowa– Wyborowa: Wyborowa con admiración, Wyborowa con pasión, Wyborowa con ilusión. Nos decimos cosas, nos comunicamos sentimientos, conversamos sin trabas, sin murallas; tenemos ya un habla común, creada y aprendida en minutos, y a ese idioma le basta una sola palabra: Wyborowa, una melodía variable que nos arrulla y reúne. Finalmente, José Manuel y yo no damos más. Queriendo recostarnos, caemos de espaldas al suelo, y tirados allí con los ojos cerrados seguimos recitando nuestro Wyborowa, Wyborowa aletargado, Wyborowa hipnótico, Wyborowa, Wyborowa.

Unas manos nos levantan. Son las mujeres. Nos llevan a la puerta. Sin darnos cuenta de nuestra torpeza, rompemos el encanto: en vez de protestar en Wyborowa, lo hacemos en español. Nos empujan y nos responden, entre risas, en polaco. Cerrándose la puerta, escucho atrás varias frases con mucha ceache. Los yugoslavos se quedan. Como yo, José Manuel los ha oído; se vuelve y vence sin forcejeo la resistencia de las mujeres. Dirigiéndose desde la puerta a nuestros triunfantes rivales, todavía sentados al fondo con sus vasos a medio llenar, les hace una reverencia y, al inclinarse, repite, con gran ceremonia, en tono de homenaje: Wyborowa. Él mismo cierra la puerta.

22.

En la rue des Saints–Pères aparece un letrero inclasificable. Dice: Je m'appelle Ferdinand, y lo firma Pierrot le Fou.

Aunque sorprende, no hay que darle muchas vueltas; sólo a primera vista es absurdo el letrero. Su autor quiere convertir en real al personaje de la película de Godard, transformarlo en figura viva entre nosotros, capaz de pintar consignas en las paredes. Esta primera proclama es además su principal afirmación: el momento, tenazmente repetido en la película, en el que Pierrot, frente a la obstinación de Marianne de llamarlo con apodo de payaso, afirma su verdadero nombre.

Días después veo otro. Dice: Mierda. Otra vez lo firma Pierrot le Fou. Si no recuerdo mal esta película que volví a ver hace muy poco, es la última palabra dicha por Pierrot; cuando, infructuosamente, intenta arrepentido apagar la dinamita con que se ha envuelto la cabeza y que en cuestión de segundos lo despedazará. Esa mierda escrita en el muro parisién evoca a Pierrot, al romántico suicida, y de paso evoca también la dinamita, la explosión sin sentido. Puede que el autor del letrero no haya razonado así; puede que sólo quiera exaltar a Pierrot, su héroe, en quien admira la intuición, los impulsos, así sea el de aniquilarse.

23.

Otra experiencia vivida con anarquistas –segunda que narro pero primera en el tiempo– fue así: el sastre anarquista amigo de mi padre, como él español y refugiado de la guerra civil, vive en pleno centro del mayor barrio habanero de prostitución. Lo acompaña siempre su mujer, en la única habitación de lo que es la sastrería –el resto es su vivienda–, donde tiene la máquina de coser y un maniquí. Ella se mece sin parar en un sillón, y su perenne presencia obliga a los clientes a ocultarse tras un biombo a la hora de desvestirse y probarse. También sin parar habla disparates; según me susurra mi padre –y eso que estamos ya en la calle, lejos–, la guerra de España la volvió loca: los cañonazos y las bombas, o la muerte de parientes, quién sabe cuál más. Al mismo acelerado ritmo al que se mece echa su discurso, inacabable, sin inflexiones. Los demás hablamos, sobre todo su marido, sin prestarle atención, sin callarnos para escucharla; si acaso él se detiene a veces para calmarla cuando ella se exalta demasiado y grita, al cabo de muchos minutos de monotonía; si no, la deja discursear como si tuviera puesto un radio –a veces lo pone, como discreta música de fondo a la algarabía–, sin que esa manada de palabras logre alterarlo. A mí la mujer me sorprende, no tanto por la incoherencia de lo que dice como por su catarata de palabras dichas todas en una sola nota.

Algo me interesa todavía más en estas visitas: la simpatía, por no decir el cariño, cariño de viejos y entrañables amigos, que se desprende de la relación y la charla entre el sastre y mi padre. El disfrute con que conversan revela mucho más que un simple pasado común español. No los acerca tampoco la condición: no puede ser más dispareja. Estos lazos, estas sonrisas y esta conversación placentera sólo puedo atribuirlas a una aventura compartida en aquella guerra que los dos vivieron y de la que parecen querer no hablar, por lo menos delante de mí. Una guerra que acaba, como quien dice, de terminar: finalizan los años cuarenta. Ideas comunes no pueden ser, conociendo como conozco las de mi padre, un hombre que ve injusticias pero por lo general conforme y reacio a la violencia. Por eso me desconcierta más cuando un día, sin poderse contener, me dice, cómplice, al salir de la sastrería, sin aire siquiera de reprobación: ahí donde lo ves, quién sabe a cuántos mató. Para más extrañeza, cuando alguna vez menciono en familia al sastre, noto en los demás incomodidad, desconfianza. Como si los parientes tampoco entendiesen de dónde nace esa afinidad. O lo saben –así es: algún papel riesgoso, que para siempre desconoceré, jugó mi padre en esa guerra, salvando más de una vida al bando del sastre– y no quieren aceptarlo; prefieren echar a un lado esa relación, descartarla junto a la historia de una guerra pasada. Tendré que ser yo sujeto de esa misma extrañeza, de parecida desconfianza, para comenzar a entenderla. La noto a mi alrededor en París, entre quienes –franceses, españoles, las más de las veces, latinoamericanos– observan lazos parecidos entre estos anarquistas españoles –con frecuencia me los encuentro, en cualquier taberna del Barrio Latino, y bebemos juntos–, exilados a quienes miran con veneración, como a modelos, y yo. No entienden cómo esos revolucionarios pueden confraternizar con alguien a quien ellos consideran un renegado de la revolución. No comprenden el lazo que nos une; yo sí lo entiendo: el mismo que unió a mi padre y al sastre. Todos vivimos, andadas nuestras vidas, una ruptura; perdido el propósito que hasta entonces había sido nuestra esperanza, no nos queda más remedio: simpatizamos, por instinto, con quienes padecen igual situación, así sean princesas rusas. El escepticismo, el desengaño, la nostalgia de los imposibles, nos aíslan de los optimistas, dan raíces a nuestra fraternidad.

24.

Voy con varios amigos a ver al Living. Así llamamos, con mote de conocedores, al Living Theater, esa compañía teatral americana fracasada en su tierra, donde sus innovaciones fueron bien recibidas sólo por el círculo artístico más de vanguardia; allí, cosa ínfima, como comprobaré años después. No solamente la crítica sino muchos actores establecidos se burlaron de sus experimentos o, con mayor frecuencia, no les hicieron caso, como si fuesen aprendices o, simplemente, gente extravagante. En Europa, en cambio, el Living es punto de referencia obligado del teatro moderno, uno de varios ejes en torno a los cuales giran muchos de los nuevos conceptos escénicos. Tan idolatrados son por los aficionados al teatro como si fuesen músicos de rock, y hasta de la misma forma: un séquito de admiradores los acompaña de ciudad en ciudad, de país en país; ellos, no sólo no los rechazan sino los usan a menudo como asistentes, como puros tarugos, e incluso, cuando los ven verdaderamente fieles y les descubren ahínco, los reclutan para su elenco. No sabría decir si además de fidelidad les exigen talento. En todo caso, no sería el tradicional, como puede comprobarse en muchas de sus presentaciones: imposible saber si el más brillante intérprete de Frankenstein sabría recitar con convicción el más simple monólogo de Shakespeare o hasta de Chejov. Estos artistas requieren otras dotes: presencia, expresión corporal, convicción. También desprendimiento y devoción; comunidad, sobre todo, de visión, de intuición, sin impulsos de estrellato.

Los Misterios, uno de los puntales de su repertorio, alteran de golpe mi idea del teatro. No se trata únicamente de lo más palpable: el derrumbe de los límites entre espectador y actor; este proceso va andando hace rato y ha sido probado de otras maneras; Los Misterios no hacen sino, a su manera, culminarlo. Es mucho más: la abolición del tiempo teatral que conozco, sobre todo; de las obligaciones de duración y ritmo aprendidas como elemento clave de una representación. Aquí queda anulada toda necesidad temporal: la obra podrá durar una hora o cinco: ambas versiones serán válidas, cada una única. En ningún momento de la presentación se me ocurre objetar: esto dura mucho, o, es demasiado breve. Sería tan tonto como considerar demasiado largo un aguacero; la lluvia dura lo que tiene que durar cada vez. Con Los Misterios pasa lo mismo: es un ritual, comparable, no por veneración, sino en estructura, con los religiosos. Que lleve ese nombre indica que sus creadores lo saben. Cuando Julian Beck pasa media hora en el centro del escenario recitando bajo una luz cenital la lista de sus negaciones, la enumeración de sus quejas contra la sociedad deja de tener importancia como dato polémico; lo válido es el crescendo emocional, cómo actor y público se van fundiendo en un sentimiento que induce a los espectadores, no a hacer suyas esas quejas sino a desatar las propias. No siempre con simpatía; en algunos, la exaltación resulta en un rechazo al espectáculo. La relación sin cortapisas que hace Beck de sus inconformidades anima a quienes no se entusiasman ante su teatro: ¡Impostor!, le gritan. ¡Basta ya!

La continuación, impasible, del rezo, prevalece; la sala termina por calmarse después de media hora o cuarenta y cinco minutos de bullicio, abandonada por los más furibundos. Lo mismo pasa cuando Judith Malina guía a los actores en una fingida agonía colectiva por los pasillos y entre las lunetas hacia su extinción en escena, en una montaña de cuerpos inertes; esta noche, como casi todas, unos cuantos espectadores se sienten instigados sin palabras, por puro instinto, a sumarse al rito, a enredar sus cuerpos con los de otros.

Año o año y medio después cometo un error imprevisible: el Living ha vuelto a Estados Unidos y ahora, precedido por su fama europea, es recibido con cascadas de elogios por esos mismos críticos de prestigio que antes los despreciaban; estoy en Nueva York y decido volver a verlos. El grupo llega a un país distinto al que dejaron: la guerra en Vietnam ha dado ímpetu a la protesta, a lo distinto; se escuchan con fuerza opiniones habitualmente relegadas. Voy, justamente, a ver Los Misterios.

La experiencia es desastrosa. La obra es la misma, la representación igual, sólo que aquí el entusiasmo es general, lo que se hace patente al final, cuando un alud de público se precipita a colmar la montaña de falsos cadáveres con que concluye la pieza. En eso consiste el fracaso: en la unanimidad, la falta de disidencia. La obra se ha vuelto panfletaria, sin contrastes.

No piensan así los críticos, que al día siguiente echan mano a su repertorio completo de elogios. Pese a mi admiración, sé que no es para tanto, aparte que muchos no crean en lo que dicen; sé que la representación que mereció en Europa las incontables alabanzas que ahora ellos copian no es la misma que han visto.

Pero falta año y medio a esta experiencia. En Francia vivo una revelación, compartida de distintas maneras por Oscar y José Manuel. ¿Cómo romper, de manera permanente, esas barreras entre espectador y público que vimos desbaratar hoy?, nos preguntamos al salir. No nos damos cuenta de hasta qué punto esa pregunta entraña una contradicción: ¿Cómo volver metódica la enseñanza de espontaneidad del Living?, es la paradoja que nos estamos preguntando. No encontramos en este momento respuesta clara a nuestra pregunta.

25.

Como hizo con su hermano, sin consultármelo, Denise me lleva a la habitación en Nanterre de dos cubanos asistentes al festival; son parte de un conjunto típico que toca música bailable, un combo universitario. Quién sabe qué les habrá dicho de mí: me reciben sin tensión. Más todavía: con amabilidad, diría que hasta efusión. Lo mejor será no darle muchas vueltas, asimilarlo como tantas inverosimilitudes de estos tiempos. En la habitación, el grupo entero está ahora reunido y delata, sospecho, bastante timidez. Verme, a pesar de las incógnitas que puedan rodearme, resulta feliz alivio a su extrañeza, un contacto con conocidos. Sé que uno de ellos será el vigilante, encargado de cuidar a los demás. No trato de averiguar cuál; si supiera quién soy –viajero sin regreso a Cuba– me echaría, por lo menos, del cuarto, y si se toma a pecho el cargo, trataría de hacerme expulsar de Nanterre, del festival. Sea quien sea, la falta de terreno seguro le quita coraje; prefiere creer las falacias que le habrá dicho Denise de mí, le es más cómodo. Aunque en todos exista un granito de sospecha mutua hemos decidido descartarla, pasarlo bien. No sé si nos hemos puesto una máscara o nos la hemos quitado.

Cuando salimos de la habitación, Denise me cuenta el apuro que pasaron dos de ellos: sorprendidos al entrar ella con una revista pornográfica abierta sobre la mesa, hicieron mil maromas para cerrarla con disimulo. Para Denise, la única explicación posible de esta conducta es la que sé imposible: una pose política. Vistos como revolucionarios, no quieren parecer reaccionarios teniendo entre las manos una revista que, me dice, explota así a la mujer. Con todo y eso, no concibe cómo hombres de edad universitaria pueden andar con semejantes tapujos; vergüenzas como ésa las considera cosa de niños. Se pusieron colorados, me cuenta; le colocaron encima a la revista una caja de zapatos. ¿Cómo es posible?, sigue, exagerando ya un poco su incomprensión. Le contesto con una frase que le resulta, me responde, reaccionaria. No conoce el tercer mundo, le contesto: ignora los hábitos del subdesarrollo. Insisto, lo más implacable posible: no sabe en qué medida se entremezclan todavía entre nosotros la virginidad y la guerrilla, la primogenitura y el igualitarismo. No se le escapa mi tono catedrático; emulando mi teatralidad, se aleja de mí unos pasos y desde esa precisa distancia, con la cual ha convertido la acera en escenario, me grita en español: ¡Cubana fascista! ¡Cubana fascista!

No me tomo ni el trabajo de explicárselo; no tendría gracia. Pero con ese error de género, Denise ha dado la razón a los cómicos cubanos que, cuando hacían papel de extranjeros, sobre todo de franceses, sus primeros recursos para caricaturizar a esos personajes eran arrastrar la erre y convertir lo masculino en femenino.

26.

En su primera carta en veinte años, Oscar responde enseguida a mi pregunta sobre la estatua de los labios pintados. Su respuesta me despista del todo. Abre con una vacilación: de memoria, no podría decírmelo; pronto verificará —este verbo emplea— a quién representa la estatua. Acto seguido, como si lo recordase en el momento de escribir, exclama: ¡Ya está! Es Montaigne, a quien llama además mi querido amigo, y explica por qué: El único que tuvo palabras sensatas para nuestros indios, cuando aquí todo el mundo se encarnizaba en denigrarlos y destriparlos.

Para corroborar lo dicho, su carta acaba en una posdata escrita con tinta: El parquecito (creo) square de la Sorbonne. Rue des Écoles.

De estas dos últimas afirmaciones tengo pocas dudas: ése es el parque, ésa la calle. Lo de Montaigne me resulta en cambio bastante improbable. A pesar del ya está, dicho entre admiraciones y con tanto aplomo, creo más en las dudas con que Oscar matiza su certeza: verificaré, creo que. Si no me lo confirma, no insistiré. No voy a fastidiarlo con un dato tan poco trascendente. Por otra parte, me siento más seguro que él: es Diderot. Para mí, es Diderot.

Recién escrita esta nota, me entero de que en Praga, durante la revolución de 1989, las manos de las numerosas estatuas de Klement Gottwald esparcidas por la ciudad amanecieron un día unánimemente pintadas de rojo. Gottwald, muerto tan poco después de morir Stalin que su fallecimiento, como su vida, resultó un eco del de su mentor, era recordado así por sus conciudadanos: un ser sanguinario. El rojo, ese símbolo que tanto había dicho defender, se había vuelto contra él a última hora.

Considero la pintura en los labios de Diderot como un hecho más puro, un gesto estético, siquiera sea por, como consideraban muchos, su carácter antiestético. No puedo verle otro simbolismo válido que esa negación; las otras posibilidades que se me ocurren resultan bien banales. La primera, con una visión demasiado anclada en nuestro tiempo, es que la pintura fue para presentar a Diderot como afeminado, como un mujercita. La segunda atribuiría al vándalo un rechazo algo tonto del pasado: busca presentar al filósofo con el emperifollamiento rococó de su época; borrar, trayendo a primer plano su realidad, algo de la gravedad que le encasqueta tanto académico de la inmediata Sorbona.

Las dos posibilidades me parecen bien pobres, comparadas con la belleza intuitiva y brusca de dar carmín a los labios de piedra de una estatua.

27.

El quiosco de periódicos es mi época de mayor prosperidad en París. La propietaria –no exactamente; esos puestos, desperdigados por la ciudad, funcionan como concesiones a miembros de un gremio– me propone un acuerdo ventajoso: las ganancias de lo vendido durante mis horas de trabajo serán mías. Ella atiende el puesto desde el amanecer hasta media tarde, entre semana y los sábados. A partir de esa hora y los domingos, queda para mí. Los domingos, por fuerza; los demás días a voluntad, las horas que me plazcan. Para ella el provecho consiste en dar a su quiosco fama de lugar abierto las veinticuatro horas del día.

Sin mucho esfuerzo –no lo requiere el trabajo– puedo tener por una vez habitación propia en un hotel, sin subterfugios con los propietarios. Debo dejar constancia de a quién debo esta fortuna: a la hija de la vendedora de periódicos, con quien ando por esos días. Aparte de conseguirme el puesto, me hace otro regalo: una bufanda roja. Al primer frío, y hasta el último, quiere verme con ella puesta: dice que me da aire de revolucionario. Inútil combatirlo: en Francia, mi ideología tiene raíz racial; mi lugar de nacimiento pesa más que mis palabras. También debo reconocerlo: no ando entre elegantes; mi aspecto y mi conducta cuentan en ese juicio. Mi estilo y mi vagabundeo son identificados sin vacilación con las revoluciones; sobre todo la cubana, tan presumida en sus principios de combinar las transformaciones sociales con la jarana tropical.

Tal como vaticina mi jefa, la venta del periódico dominical me deja mucho dinero. No es, sin embargo, lo que más; lo más provechoso son las ventas a las prostitutas del barrio: el quiosco está a cuadra y media de la Madeleine, zona roja de lujo. Algunas de las mujeres llevan a sus clientes a mi puesto, a comprar alguna revista erótica, de preferencia las más caras, de acuerdo con su nivel;

cuestión de echar pimienta a sus rendezvous. Cuando el encuentro termina, pasan a veces de nuevo por delante de mi tienda y sin una palabra, como quien lanza una propina, me devuelven la revista, echándola sobre el mostrador. Aunque algo ajadas a veces, pueden ponerse de nuevo a la venta. En todo caso, al tenerlas y ser posible su devolución, el precio entero de la venta anterior es mío.

Mi privilegiado trabajo dura meses. No lo dejo; rompo con la hija de mi patrona. Al cabo de algunos mal disimulados escarceos y reproches, la madre me anuncia el despido. Me entero entonces: el trabajo en el quiosco era visto como una dote. Poco después, llegará Nanterre.

Este episodio no tendría importancia, no me llamaría la atención, de no ser por sus repercusiones: en las décadas siguientes, muchos de los amigos dejados en Cuba, no importa cuánto tiempo haya pasado desde dejarnos de ver, caen sin falta, al cabo de media hora o dos horas de conversación, en el tema. Alejan los ojos y en tono de confiar un vergonzoso secreto, me confiesan: En Cuba se llegó a decir que tú vendías periódicos en París.

La actitud es siempre igual: una penosa confidencia. Como si dijeran: En Cuba se llegó a decir que tú mendigabas –o peor: hasta que eras ladrón– en París. Tanto se repite esta escena que pronto tengo ensayada la respuesta: Sí, es verdad. Fue mi época de mayor prosperidad en París. Al enterarse de que el chisme, tan penoso para ellos, fue verdad, parpadean, tartamudean, actúan como partícipes en una confesión deshonrosa. Así fue: en el país refinado encontré la solidaridad proletaria entre las putas de clase. En cambio, en el país de los proletarios, mis antiguos jefes –ellos, viajeros, tienen que haber sido quienes difundieron mis noticias– me desprestigiaban entre mis antiguos compañeros diciéndoles: Ha caído en la infamia de vender periódicos. Como si su círculo fuese el de una aristocracia versallesca.

28.

Un español refugiado en París, director de una editorial que publica libros en español, me encarga la traducción de un libro sobre la Guerra Civil: Fue escrito en inglés por un polaco socialista y se divide en dos partes, siguiendo las dos visitas, temprana y tardía, que este hombre hizo a España durante la guerra. Su tema pretende ser la historia pero en realidad es el contraste: en su primer viaje, optimismo, entusiasmo; en el segundo, decepción, crítica. No oculta el escritor, cuyo nombre olvidé, el motivo principal de su desengaño: los comunistas españoles, los de partido. A su afán de poder, su desconfianza en el resto de la izquierda, la manipulación y finalmente represión de sus aliados, atribuye en buena medida este polaco emigrado a Londres el desastre de la República.

También censura a los anarquistas; les achaca arbitrariedades, matanzas. No les dedica sin embargo la saña que reserva a los comunistas. Es evidente por qué: los anarquistas tuvieron escaso poder; además hay un motivo menos evidente, que quizás se le escapa al propio autor: alguna simpatía siente hacia ese movimiento. Precisamente el residuo mayor que deja en mí este libro es su visión del anarquista español como individuo esencialmente reaccionario: enemistado con la máquina, la sociedad moderna. En su batalla revolucionaria busca preservar los lazos del hombre con una sociedad elemental: exalta el arado, la rueca, la escopeta, frente al tractor, la hilandería, la granja. Dinamita las ciudades porque éstas destruyen un modo rural y primitivo de vivir.

Percibo en París indicios vivos de esa misma rebeldía. Siento a mi alrededor esa tensión, la veo expresarse de mil maneras. La noto entre franceses y también en este editor español que, no obstante sus lazos con la izquierda, acude a mí para una traducción, pasando por alto mi aparente condición de renegado de la izquierda. Para él, más que mi exilio de Cuba pesa mi condición social: al no poseer yo nada, me ve como un aliado suyo, le simpatizo.

La noche que recoge en casa mi traducción terminada me cuenta que acaba de regresar de un breve viaje a Cuba: fue a vender algunos de sus libros. Enumera elogios y comprendo que busca mis refutaciones, mis reproches: los digo y los escucha. Aunque a veces se exalta y me exalto yo, seguimos hablando, escuchándonos. A su entusiasmo opongo mis reparos; pero a medida que avanzamos, comienza él a reconocer decepciones, a relatar disgustos. No se sabe ya bien de qué lado está cada cuál; más que bandos parece haber confabulación.

De pronto, al referirse a la mucha gente que se va de Cuba, los sinsabores que a tanta gente mueven a exilarse, me grita con reproche: ¿Cómo es que estás aquí? ¿Por qué te fuiste?, y rompe a llorar en plena frase. No intenta contenerse; ya que el llanto ha brotado, lo deja salir, aunque le dificulte las palabras, se las ahogue. Se va, se va, todos se van, dice, bebiendo y llorando a la vez que habla, en un discurso que resulta un confuso quejido.

Es su mayor crítica: fuga o partida, como yo quiera llamarla. Mi renuncia. No sé hasta dónde llora por mí o hasta dónde por él, tan exilado como yo. Cuando, perdidas las fuerzas, pasa del llanto al sollozo, me dice, como en un lamento: Ya sé, aquello es un desastre. Pero no se la puede abandonar, no nos podemos ir. Sus palabras contienen el terror del creyente atenazado por la duda; me grita: ¡Es que no tienes más que mirar a tu alrededor! ¡No nos queda otra esperanza!

29.

En el andén de Nanterre espera el tren para París uno de los músicos cubanos. Por su relación con los otros, a quienes trata como si tuviera poder de veto, sospecho que es él el jefe de la delegación, el encargado de hablar y velar por todos. Encontrármelo aquí solo en el andén me convence: sus compañeros andan siempre en parejas, se cuidan mutuamente. Él mismo se encarga de disipar cualquier posible duda; se me acerca y entre cuchicheos y medias sonrisas, disimulo innecesario en un andén casi desierto a media mañana, me pregunta qué hago en París. Miento: no menciona la ciudad; en Europa, es lo que dice. Sus secretos ademanes lo delatan: me imagina en cumplimiento de una tarea importante y esa enorme mención de Europa es como si esa labor en que me supone empeñado requiriese la vastedad de un continente.

Opto por decirle algo próximo a la verdad. El relato de mis vagabundeos, de mi falta de rumbo y de propósito, contradice de tal modo sus suposiciones que lo recibe como si le estuviese repitiendo mi memorizado disfraz. Lo noto: me admira aún más al oírme mentir —eso piensa, emocionado— con tanta desenvoltura. Lo humilla un tanto que no lo haga partícipe de mis planes pero le basta sentirse, hasta cierto punto, colega mío, aunque sólo sea por compatriota. Esta convicción desata su lengua; seguro de estar en mi mismo bando —necesita atribuirme uno— y de ser además, un poco mi subalterno —eso se considera, en la leyenda que entreteje—, me confía su proyecto de esa mañana: va a la ciudad, visitará la embajada. Convierte esta generalización inocente en una imprudencia, cuando agrega otra generalización ya menos inocente: Es que hablé anoche con una gente aquí.

Soy yo quien no quiere saber más; a mi virtual indigencia no le conviene enredarse ni de palabra con las andanzas, quizás vigiladas, de este indiscreto. Le corto la palabra a mi aspirante a compinche, dejándole ver bien a las claras mi decisión de no escucharlo. Se desconcierta; queda confuso, cabizbajo, gaguea. Acudo a la mejor manera de sacarlo de su traspiés: le hablo de mujeres.

Su entusiasmo es instantáneo. De nuevo me escucha con admiración; me ha visto con Denise y eso le basta: el que yo me acueste con una francesa, como supone, colma sus fantasías. Me hace saber, en una nueva indiscreción, su aventura prohibida de la víspera: aprovechó su privilegiada soledad para meterse a escondidas en un cine donde echaban –oyéndolo, recuerdo el uso cubano de esta palabra– una película de James Bond. Me cuenta este desliz con aire de complicidad chocante, como si ver esta película y admirar –no necesita confesarlo– las hazañas de Bond, equivaliese a una traición a su país, a sus principios. Lo llevo a hablar de las muchachas del festival y enseguida menciona a una; debe inspirarle ideas inverosímiles: ¿he visto a la contorsionista mongol?, me pregunta. ¿Has hablado con ella?, le respondo. De nuevo tartamudea, tropieza. Trató de conversar con una danesa, saxofonista como él, pero no pudieron entenderse; él sólo habla español y el encuentro terminó en unas cuantas señas elementales. Decido entretenerme a costa suya mientras llega el tren: ¿por qué, cuando entré a su habitación con Denise, escondieron la revista de relajo? Desprevenido, reacciona con monosílabos. Por respeto con la muchacha, sabe –de pronto me trata de usted–, logra decir al fin. Lo corto, me ensaño: Ella se rió mucho de eso, no sabía por qué la escondían.

En el vagón a París habla poco, intrascendencias.

30.

Salgo de un cine de la rue Cujas; en la esquina hay alboroto. La plaza de la Sorbona ha sido cercada por policías; en torno al ruedo que han creado, los gendarmes observan impasibles cómo un buen centenar de estudiantes, divididos en dos grupos, se atacan a puñetazos, palos, cachiporrazos. Los policías no intervienen, se limitan a cercar, impávidos, el perímetro, impidiendo que alguien entre o salga, y permitiendo de paso a los cercados que se golpeen a sus anchas.

Los estudiantes que se dicen de derecha se agrupan en una asociación a la que, sin adjetivos, dan un nombre –Nuevo Orden– y un color: el negro. Combaten con estudiantes de izquierda, no sé si de un grupo o de varios, aliados por esta vez: comunistas, anarquistas, prochinos, trotskistas. Después de dejarlos descalabrarse un buen rato, limitándose a desviar unos pasos a los transeúntes que se acercan demasiado pero permitiendo a quienes lo desean que observen la batalla, entran los agentes al ruedo; es el momento oportuno: la lucha amaina. La emprenden a su vez a porrazo limpio con los fatigados combatientes de ambos bandos y se llevan en sus coches celulares a unos cuantos, al azar; probablemente los más infelices, los que no supieron escurrírseles.

31.

En el despacho de la Seguridad del Estado –esa Sureté cuya temible eficacia, como la de Scotland Yard, ha sido suplantada en la imaginación de nuestros días por la omnipotencia implacable de la CIA o, hasta hace poco, de la KGB– a donde me han citado como cosa de rigor, al cumplirse un año de mi estancia en París, espero, solo, desde hace quince minutos. Para mis amigos estoy irreconocible: afeitado corto, casi al ras, y con chaqueta y corbata prestadas –la chaqueta me queda raquítica pero, sentado, espero disimularlo– intento influir, con este atuendo ni medianamente presentable, en la decisión de los inspectores sobre mi continuada presencia en Francia.

El investigador se sorprende al entrar y descubrir mi facha, tanto como yo con la de él: como si los dos nos hubiésemos preparado y vestido para una representación y nos hubiese burlado la contrafigura. Yo esperaba a un confundible funcionario y en cambio me estrecha la mano un hombre que, aunque afeitado corto como yo, lleva barba, cosa, por esta época, bastante insólita fuera de sus moradas habituales: la bohemia, la universidad, la disidencia. No lleva chaqueta ni corbata sino un chalequito abierto de gamuza sobre una camisa rojo vino. Se ve listo para irse a cualquier café del Barrio Latino, a investigar a placer, sin despertar una sospecha. Eso pienso de él, aunque callo. Él puede en cambio decirme lo que cree de mí, incluso con tono de reprenderme: ¿por qué me vestí así para la ocasión?, pregunta. ¿Por qué no fui como ando siempre?, insiste con gesto de cierto desagrado, como si lo hubiese desairado, cuando escucha mi débil explicación de haberlo hecho por cortesía.

Igualmente abrupto pasa a sus preguntas, y a la tercera me hace la más importante —antes de salir de allí me habré dado cuenta— ¿conozco a Mario Vargas Llosa, soy su amigo, lo frecuento? No, le respondo, sinceramente. ¿Y a García Márquez?, continúa enseguida. Tampoco. Es evidente: me atribuye esas posibles amistades de Cuba, no de mi residencia en París; estos nuevos escritores latinoamericanos, que tienen a la Europa intelectual tan entusiasmada con sus éxitos como los cubanos con los de nuestros guerrilleros, han pasado en algún momento por La Habana y son frecuentes sus posturas de elogio y apoyo, de decidida defensa, a la revolución. No se detiene el inspector en estos dos; pregunta por otros, como si estuviese compilando una antología. Debo pararlo, explicarle: mi trabajo, en Cuba, fue en cine y en teatro. A esa gente, a visitantes de esas disciplinas, fueron a los que si acaso conocí. Le pongo un ejemplo que sé inofensivo, ya muerto: Gérard Philipe. Con esta aclaración mía termina prácticamente, a poco de comenzar, el interrogatorio, su parte sustanciosa. El resto tratará de cosas menores, de ritual, y una advertencia suya con la cual indica haberme creído, al menos buena parte: Frecuente más a franceses que a estos extranjeros. Le resultará más conveniente. No lo dijo así. Sus frases fueron más indirectas, más refinadas, más francesas, a pesar de lo policiales. Pero las he olvidado. En esencia, eso dijo. Me renovará la residencia, anuncia, y aprovecha, relajada la tensión, para volver a su tema favorito, su especialidad: averigua, ahora con tono de sobremesa, cuánto he leído de esos escritores sobre los cuales me preguntó. Los conoce mejor que yo. Me faltan años para leer dos títulos recién publicados que menciona con admiración, con reverencia: Cien años de soledad, Rayuela. Registro en él algo de desdén; más cuando empieza a hacerme comentarios literarios y yo apenas le respondo, no tanto por prudencia como por no saber qué decirle, no encontrar terreno común. Decepcionado, me deja marchar. No puedo evitarlo: a pesar de su afabilidad, de su soltura, cuando salgo a la calle es como si me desatara. No es para menos: este hombre, con esa mezcla de curiosidad policial y amplia cultura, refleja la duplicidad de su gobierno. Un gobierno que públicamente recibe, elogia y halaga a estos escritores, y en secreto los espía, teme sus visitas a Cuba, sus relaciones en Francia, sus ideas sobre la izquierda, las revoluciones.

32.

En una esquina de Montmartre, el letrero que indica la calle –por su brillo, reluciente, se nota nuevo, recién puesto– ha sido tachado. Lo mismo pasa a todo lo largo, en una esquina tras otra; con la misma brocha negra que tachó el letrero oficial, alguien ha escrito debajo, bien grande, cuadra tras cuadra: rue Antoinette.

La placa embadurnada también lleva –se lee a medias, bajo el tachón– un nombre de mujer. Al revés que ese Antoinette pintado a mano, es un apellido: largo, compuesto. Se sabe que es de mujer porque lo precede el Madame. Averiguo: se trata de la mujer del diputado parlamentario del barrio; según versiones encontradas que me llegan, la homenajeada no tiene otro atributo que ser la fallecida esposa del diputado; para otros, fue una heroína de la resistencia antinazi. A su muerte, reciente, el viudo, aprovechando su posición, hizo colocar allí su nombre, quiso inmortalizarla entre sus vecinos de Montmartre. Heroína o no, la suplantación del antiguo nombre causa disgusto visible, por lo menos a uno. Ese vecino molesto decidió dejar constancia de su furia con estos coléricos brochazos.

Me entero de más: el desafío no representa únicamente el deseo de conservar un nombre tradicional; busca afirmar un contraste. Antoinette, recordada con una calle por su vecindario hasta la reciente decisión de cambio, fue una mujer de vida alegre –esta manera que tiene de llamarla la guía parisién le viene bien; si no, quién quisiera recordarla– y vivió en la época dorada de Montmartre, esa vuelta de siglo de los pintores y el cancán. ¿Qué le mereció el homenaje municipal? Eso nada lo dice. Pero el iracundo impulso de no olvidarla llevó a alguien a arriesgar una multa por vándalo; indicó así claramente este subversivo su deseo de defender una tradición y, más allá, de proclamar una preferencia: Antoinette, la del nombre de pila, por encima de la Madame, con un apellido compuesto que ya olvidé.

33.

En el comedor de Nanterre hay caras nuevas, participantes tardíos en este festival: tres muchachas orientales. Son recién llegadas; si no, las habría notado antes. Sobre todo a la que va de negro, como su pelo suelto y sus espejuelos, que no se quita a pesar de la artificial luz fría del comedor, montados en armaduras de plástico también negro. Por el óvalo del rostro y por sus compañeras es que la adivino oriental: no le veo los ojos, apenas esos pómulos salientes del Asia. Su estampa y mis estereotipos la hacen parecer una espía oriental de cine y sin dificultad la imagino saliendo, entre cortinas de abalorios y, en la boca, un cigarrillo montado en boquilla de marfil, de un bar de portezuelas batientes en la antigua Shanghai o la moderna Bangkok. Eso es, lo sabré: tailandesa.

Coincidimos al salir del comedor y en dos cosas más: los dos vamos en sandalias y a ella, como a mí –pronto lo descubro–, le desagrada cruzar en línea recta el prado que separa el comedor de los dormitorios, meter los pies casi desnudos entre hierbajos, espinas, tierra arenosa; aunque obliga a caminar el doble, preferimos el trillo de tierra apisonada. Nuestra manía es idéntica: sus dos amigas se lanzan a caminar por el hierbazal y ella, con su delgada menudez y sus espejuelos de Mata Hari, toma el sendero que la desvía y aleja, mientras las tres se gritan entre sí a distancia cosas que no entiendo. Me dirijo hasta ella y con manoteos teatrales, exageradamente comprensibles, me ofrezco a cargarla en andas a través del hierbazal. La reto a aceptar cerrándole el paso, genuflexo en su camino, ofreciéndole la espalda, y doy este espectáculo a la vista de todos, desafiándola. Trepa sobre mí con agilidad de bailarina. Lo es; la veré días después, en escena, interpretando una danza de su país que quizás ejecuta mal pero que a mí, incapaz de juicio, me resulta incomparable.

Se acomoda a caballo sobre mis hombros con el vestido arrebujado entre las piernas. Emprendo la ruta corta, entre hierbajos, con el arrojo de quien atravesara un campo minado. Voy a paso rápido y pronto alcanzamos a sus amigas, hacia quienes se vuelve al pasar con gritos jocosos. Su escándalo llama la atención; otros nos descubren, nos aplauden; algunos se detienen para cedernos el paso, quedan como una escolta en nuestro camino. Cuando llegamos al asfalto frente a los dormitorios, un grupo arremolinado nos recibe con vítores. No saben qué pasa; pensarán que dimos algún espectáculo más atrás y que sus aplausos podrían propiciar un bis; ella suelta una de las manos de mi frente y saluda, como una atleta triunfante. A la vez la siento retorcerse: trata de bajar, pero no la dejo. No, no, no, le repito, aprovechando la universalidad de esa palabra. Por si acaso, niego también con la cabeza. Sigo mi marcha y llego a mi edificio, la llevo hacia las escaleras.

Grita debatiéndose pero se traiciona: se le escapan carcajadas entre sus protestas. Me pide que la baje; al hacerlo, se ha confesado: habla inglés. Sigo negándome a cabezazos, haciéndome yo ahora el ignorante, y siguen los aplausos a nuestro paso, con la gente en corrector, abriéndonos camino. Empiezo a subir las escaleras hacia mi cuarto. Es evidente: se deja llevar, y sus amenazas de sacarme los ojos con las uñas no surten efecto. Me cruzo entonces con el cubano del combo universitario. En medio del griterío divertido de los demás, enmudece; no entiende qué personaje soy, qué represento, con esta carga oriental. En sus ojos leo admiración: ante sí tiene a James Bond, o por lo menos a su mejor émulo. Me contempla desaparecer escaleras arriba, rumbo a mi cuarto, con la espía tailandesa a cuestas.

34.

No puedo creerlo. El cartel con el nombre Monsieur X –ni siquiera; está abreviado, como una sigla: M. X– está por todo París. Hace algún tiempo supe del litigio: los descendientes del marqués de Sade, enterados del próximo estreno en Francia de la obra de Peter Weiss que su ancestro protagoniza y en cuyo título aparece su nombre, han acudido a los tribunales. Ese apellido familiar, exigen, debe ser eliminado de cualquier anuncio, cualquier programa, cualquier referencia. Intromisión en su vida privada, reclaman; deshonra. Pensando en la infinidad de artículos y libros escritos sobre el marqués, sobre su vida y obra, donde por lo general aparece como ejemplo de lo peor –ni enumerar adjetivos hace falta; basta con el sustantivo, insultante, difundido por el mundo como palabra del esperanto–, me resulta iluso el pleito, carente de sentido. No los puedo imaginar saliendo airosos de los tribunales. Sin embargo, ahí está, en las carteleras del Sarah Bernhardt, donde la obra pronto se estrenará, la prueba: El asesinato de Jean–Paul Marat, representado

tura y quiere hacernos participantes. Ya que no lo acompañaremos a La Meca, recorreremos con él este preludio de su peregrinaje.

No vamos lejos. Salimos del recinto de Nanterre, damos la vuelta a la esquina y los dos yemenitas —con sus trajes occidentales, de riguroso cuello y corbata, se ven mucho menos exóticos que nosotros— nos llevan al inmenso barrio de indigentes situado a un costado del muro universitario. Desde fuera parece un enorme lodazal cubierto de casuchas de latón —así llaman los franceses a estas poblaciones: bidonvilles, ciudades de latón— poblado casi exclusivamente por árabes, norafricanos, un Maghreb en miniatura.

Sólo el exterior de sus habitantes diferencia a este caserío miserable de los que conocí en La Habana. Digo conocí: más bien vi de lejos, asustado y desconcertado desde niño por su fama y sus nombres: Cueva del Humo, Llega y Pon. No sé si el cariz peligroso se lo da al lugar mi prejuicio, estar entre gente cuyos hábitos y actitudes desconozco, o si en realidad lo es, y nuestra entrada a él, de no ir acompañados de nuestros guías, sería una temeridad. En todo caso, el sitio encierra numerosos misterios; uno, esencial, ignorar sus dimensiones. Sólo conocemos, y parcialmente, una cara del rectángulo que ocupa, de no menos de tres cuadras. En el otro sentido, no sé hasta dónde se extiende. No puede medirse con precisión, ya que no se vislumbran los tejados lejanos; sólo se aprecia la planicie de casuchas sin horizonte. Como si este barrio de indigentes fuese el último lindero urbano de París.

Vasto es; llevamos andados doscientos metros por lo menos y no se le ve fin. A mi paso por estos caminos que dudo en llamar siquiera callejuelas, intento ser lo más discreto posible. Siento gran curiosidad pero aprovechar las puertas abiertas —muchas veces, ni puertas: cortinas, boquetes— para atisbar al interior de las casuchas, sería, no sólo una grosería sino un acto desagradable, enemistoso. Este lugar no es como los arrabales árabes de la propia París, donde las mujeres —las pocas que hay; por lo general son los hombres su

por los reclusos del asilo de Charenton bajo la dirección de M. X, dice el cartel. En afiches más pequeños, donde el título es resumido, se anuncia: Marat/X.

A nadie se le escapa qué representa esa X. Tras ella está, muy mal oculto, Sade. A medida que circula el comentario, la X llega a representarlo con la misma eficacia con que lo haría una sigla: X significa ahora Sade.

En todo esto hay algo que no concibo: ¿en virtud de qué satisface esta omisión a los herederos del marqués? Lo lógico, para mí, de haber nacido Sade, portador de ese apellido, hubiese sido, no pleitear para borrar mi nombre de un cartel sino habérmelo cambiado a la primera oportunidad; acudir a los tribunales, no para protegerlo de ignominias –de hacerlo imposible se encargó mi antecesor– sino para eliminarlo, para dejar de ser un Sade y convertirme, humildemente, en un Dupont, en un Duval cualquiera.

35.

Oscar ha conocido a unos músicos del Yemen, a los que tantea explorando la posibilidad de dar otro de sus viajes, esta vez a La Meca.

Es su costumbre. A unos chinos de paso les expuso su deseo –deseo súbito; nunca le había oído insinuarlo– de revivir la Gran Marcha, recorrer la ruta seguida por Mao con sus fuerzas; otra vez, deseó ir a estudiar las tradiciones del teatro hindú con los actores del Kathakhali, lo que logrará años después. Ahora, los yemenitas del festival le despiertan esta urgente petición, para la cual invoca un interés apasionado en el Islam, que jamás le escuché pero del cual no dudo. Así es: cree en sus impulsos, no se le quedan en la piel.

Algo habrán adelantado sus gestiones: sin previo aviso, nos pide una tarde a José Manuel y a mí que lo acompañemos. Los yemenitas le han dado cita; tratarán de complacerlo. Oscar olfatea una aven-

única población visible, en aceras, cafés, bares–, se muestran sin reserva musulmana en calles, comercios, cines, y en ocasiones, deambulan despreocupadas, con fines fáciles de adivinar, frente a los strip–tease de Pigalle. Por el contrario, aquí abundan: las vemos ante sus casas a lo largo de nuestra ruta, cocinando en cacerolas a la intemperie, sobre montones de leña, o colgando ropa en tendederas que, colocadas delante de sus viviendas, dan a las fachadas una especie de relieve barroco. Los hombres es como si no existieran.

A medida que nos adentramos en la barriada, su aspecto parece cambiar: la variación resulta mínima, casi imperceptible, como si a cada paso, cada casa añadiera un detalle y la diferencia se notase solamente por acumulación, al ocurrir lo que a nuestros ojos es, engañosamente, un vuelco. Las variantes siguen una misma dirección: las viviendas van resultando más sólidas, la gente más atildada. Hasta el fango de las calles es sustituido por una grava tolerable y limpia, y el espacio entre las chozas crece, dando más amplitud a sus habitantes. Aparecen comercios: almacenes indistintos ocupan construcciones mayores; ocasionalmente, para nuestro asombro, de dos pisos. Una ferretería se distingue de una bodega por los productos exhibidos en su exterior, llamando a los clientes como un pregón.

La transformación impresiona: estamos penetrando una Casbah secreta. Oscar y sus anfitriones van delante, conversan sobre cuestiones coránicas que me pregunto cuándo Oscar aprendió, y José Manuel y yo marchamos detrás, fingiendo mirar al suelo o al frente pero curioseando a más no poder, asombrados ante un viaje que parece no tener fin: las calles se amplían, las casas son ahora de estuco, y entre el repello desmoronado de algunas puede verse una estructura de pedruscos, hasta restos de ladrillo. Abundan las tiendas, con evidencias de mayor desahogo: mercerías, talabarterías, sederías y hasta expendios que me sorprenden; quiero creer que esos brillos espléndidos, esas platerías y esos oros, son bisutería.

Tanta aparición inesperada nos induce a hablar, aunque sea sólo para indicarnos con una palabra alguna nueva rareza: un exterior decorado con mosaicos, una construcción con balcón en el segundo piso, un salón amplio con mesas de cuya cocina sale olor a cordero. El mismo Oscar, hasta entonces absorto en su charla mística, se distrae con lo imprevisto de esta ciudad nacida ante nuestros ojos al andar y se vuelve de vez en cuando, indicándonos con ojos de extrañeza y gozo algún detalle increíble momentos antes: anuncios de películas ante la puerta de un cine, o el corredor de alfombras que, a partir de una esquina, se extiende en intrincado laberinto por una calle dedicada a este comercio, repleta de clientes que regatean con los tenderos.

De pronto, tras la curva más pronunciada de la calle, oculto hasta entonces por las casas de dos y hasta tres pisos que nos cerraban la vista, aparece un minarete. Ocupa uno de los costados de una gran plaza que se ha abierto ante nosotros, con la prestancia de cualquier parque municipal: árboles, bancos, niños que juegan. Los yemenitas nos conducen hasta uno de los soportales que la rodean, a una mesa de los muchos cafés bajo arcadas llenos de gente y bullicio, y se dirigen a Oscar: debe esperarlos allí.

Acertamos apenas a comunicarnos, con poco más que monosílabos, nuestra perplejidad: su objeto central es el minarete; ocupa, no lo dudo, el centro de esta ciudad, una metrópoli colonial a la inversa. ¿Qué distancia habremos recorrido desde sus orillas, como para que esta fina torrecilla de bastantes metros de altura resulte invisible desde fuera? ¿Qué originalidad de construcción la disimula, la esconde en medio del caserío? A nuestro alrededor, el ajetreo apenas nos deja conversar; no sólo charla la gente y gritan los vendedores ambulantes sino hay música de radios y vitrolas, cantos con esos lamentos de vocales estremecidas que nos han acompañado, como un rumor remoto, desde entrar al bidonville, pero que no nos han caído encima realmente hasta este momento, hasta dar un poco de reposo a los ojos y prestar algo de atención a los oídos.

Nos sirven, sin haberlos pedido, refrescos de fruta. El calor de los herbazales de Nanterre y de la zona exterior de este recinto es sustituido bajo las arcadas por un fresco soñoliento; la sombra y el jugo nos calman las cabezas. En medio de esta tranquilidad, entra, por una de las bocacalles de la plaza, un dromedario. No nos decimos nada; como si lo estuviésemos esperando, los tres teníamos la vista clavada en ese sitio cuando el animal hizo su calmosa entrada. Camina como las vacas en la India; avanza solo, nadie lo molesta; va a su gusto, seguro de sí, con marcha tranquila. Se acerca a la sombra de uno de los abedules de la plaza y se echa a sus pies, con ese grácil desplome con que estos animales dejan caer el peso de su enorme cuerpo. Sentimos una presencia a nuestro lado; allí están, de vuelta, los yemenitas. Regresaron sin que nos diésemos cuenta; sonríen. Sin dejar de hacerlo dan a Oscar la noticia: cuando lo desee, podrá visitar La Meca.

36.

Quien sea, se ha pasado de la raya. Diderot, limpio ayer por enésima vez, ha amanecido hoy, no sólo con los labios pintados sino también las uñas. No puedo atribuir esta exageración a su maquillista habitual; hasta ahora había demostrado metas bien definidas, tenacidad y paciencia. ¿Por qué iba a intentar este cambio? Resulta burdo; se deberá a un espontáneo, un gracioso, convencido de que este nuevo detalle hará resaltar más el anterior. Al contrario, lo borra, lo anula. El llamativo trazo sobre la boca, esa línea roja fulgurante como un escándalo en pleno espacio gris, es ahora una simpleza: un elemento más de una payasada. Las diez uñas de Diderot —sólo recuerdo eso: las diez puntas de sus dedos, pintadas con laca roja; ni idea de la posición de sus brazos— brillan tanto como su fina boca cerrada y transforman lo que antes era toque picaresco en embadurnamiento.

Por suerte, el manicuro resulta bromista pasajero. A raíz de la siguiente limpieza, la madrugada devuelve a Diderot sólo el rojo incandescente de sus labios.

37.

Me llega el rumor; una de esas noticias con pretensiones de secreto que, esparcidas de boca en boca, conocen todos ya. De todos modos, somos los alojados en Nanterre los enterados; nadie más, ni siquiera los supervisores del recinto.

Esa noche, después de la cena y de irse los empleados de servicio, cuando queden con nosotros sólo los dos o tres guardajurados que cuidan Nanterre de noche, acudiremos a una cita clandestina en el teatro de la universidad. Vamos a presenciar un estreno mundial, rueda la voz. Gente de teatro participante en el festival se ha acercado a actores del Living y varios de éstos, a escondidas de sus directores Beck y Malina, prometieron, encariñados con el festival, presentarnos esa noche varias escenas, como un borrador, de la obra que ensaya la compañía: Paradise Now.

El bosquejo que presenciamos –escenas sin terminar, ideas; a veces simples trazos escénicos– es desconcertante; terminará gustándome más, por lo incierto y esbozado, que la pieza terminada. Demasiado segura de sí misma, de sus ideas, la veré tiempo después en Brooklyn.

Esa noche nos presentan incluso escenas eliminadas de la versión final –la que vi; no puedo decir si el Living presentaba Paradise Now con variaciones–, entre ellas una demasiado lograda y punzante como para callarla, sobre todo sabiendo que no trascendió: las mujeres de la obra –los seis en escena, hombres y mujeres, las interpretan–, esparcidas por el escenario, acunan a recién nacidos;

empiezan por cantarles una canción de cuna y después, arrullándolos, hacen lo que tantas madres: les cuentan, como si los bebes pudieran entenderlas, lo que la vida les depara.

Lo que dicen a sus criaturas es terrible. No es que estas madres, como las brujas de los cuentos, quieran vaticinar desgracias a sus criaturas. Su cántico narra las desgracias de la vida de todos los días; meciéndolos con tono de arrullo, les hablan de enfermedades, desengaños, traiciones, pesadumbre, pobreza, sobresaltos, dolores, pérdidas, destierro, separaciones, impotencia, muerte. Cada una desgaja una cantinela hasta entonar las seis al unísono el coro de las desdichas –no cuentan nada especialmente horrendo; son esos sucesos corrientes que a cualquiera, en una vida, le ocurren–, un resumen de la existencia tras la expulsión del paraíso.

La voluntad edénica, la esperanza que se desprenderá de la obra terminada, son todavía atisbos, deseos, en estos fragmentos presentados en la noche de Nanterre; al proyecto social lo atemperan un ambiente, un tono, de desenfado. Lo racional y lo carnal conservan un equilibrio: hay naturalidad en estos retazos. Sus ideas se mantienen abiertas; no están escritas en piedra. Gracias a su vaguedad, el idealismo de la pieza es posible; a caballo entre la realidad y los sueños.

A ello contribuye la labor de los actores; no sólo cada uno debe ser varios sino que la necesidad de llenar los vacíos de este espectáculo todavía en proyecto los obliga a alternar entre actuar y narrar, presentar y ejecutar, en un vaivén teatral tan sugerente que llevara a algunos a decirles luego: no toquen nada, háganla así, presenten el ensayo. Ésta es la mejor obra posible. Un proyecto donde se entrelazan escenas, notas, ideas, vacíos. Una obra a la vez representada y explicada, a ratos sugerida. Este conjunto de escenas, interrumpidas para precisar un detalle o señalar un objeto ausente, que combina representaciones con indicaciones al espectador sobre movimientos de escenografías o accesorios inexistentes o juegos de luces invisibles, crea su propio lenguaje escénico. Se ha roto la división; estos seis actores nos han hecho participantes, elementos esenciales de su teatro.

Empieza la escena final: es la conclusión lógica, inevitable, si se clama por la vuelta al paraíso. Señalando que en ella participará toda la compañía y que se representará tanto en escena como en los pasillos del teatro, entre el público, los seis actores de nuestra privada première se quitan la ropa, quedan desnudos, quietos, regados por la sala. No nos invitan; pero la situación es imposible de esquivar después de habernos integrado de tal manera al espectáculo. También nosotros, los espectadores, nos desnudamos. Al hacerlo, dejamos del todo de serlo.

Así, en esa desnudez colectiva, termina de verdad el encuentro estudiantil de Nanterre, aunque al día siguiente haya cena y despedida oficiales. Nos acercamos unos a otros, nos festejamos. Nos descubrimos también: personas que no habían reparado unas en otras se miran ahora, se interesan; la desnudez les permite verse por primera vez. Los cuerpos despiertan nuevas atracciones, crean nuevas parejas. Poco a poco, nos encaminamos hacia los dormitorios.

Si alguno de los celadores del recinto es celoso en su trabajo, estará contemplando una procesión que le resultará increíble. Lo pensará dos veces antes de contarla: lo podrían acusar de dormirse en su trabajo, de beber, y confundir sueños eróticos con la realidad. Hemos dejado el teatro y atravesamos el prado rumbo a los cuartos. La ropa la llevamos a cuestas; desnudos cruzamos el descampado, esparcidos en filas descuidadas. Camino, por primera vez, descalzo entre los hierbajos; cerca pasa, acompañada, la tailandesa, también descalza. Descubro, adelantado, a José Manuel, con una de las polacas. Wyborowa. Oscar, cerca de él, va con una mujer que no conozco; mañana sabré que es griega, actriz. Oscar ha quedado en visitarla; ella le ha prometido llevarlo en un recorrido por los escenarios de las tragedias de Sófocles. En mi habitación descubro, sin necesidad de palabras, quién es mi compañera: la saxofonista danesa que mi compatriota deseó.

38.

Llevamos días huyéndole pero la mala noticia termina por llegar; se acabaron los plazos: hay que irse, vaciar nuestros dormitorios de Nanterre. Hemos dilatado esta partida; desde terminar el festival, los tres entramos y salimos furtivos, usamos los cuartos sólo para dormir, de noche, cuando la gerencia se ha ido, procurando no ser vistos ni ver a esa administradora que ha quedado sola en su oficina, tras el regreso a provincias de sus tres asistentas. Temerosos cada noche de encontrar pegado a la puerta el terminante aviso: no se nos tolera ni un día más.

Eso le pasó a Oscar la víspera. En su calidad de jefe de delegación, recibió la nota; no nos dijo nada para dejarnos dormir felices una última noche.

Era inevitable: cada día llegan más estudiantes, se hace necesario desalojar nuestras habitaciones para permitir a los empleados ordenarlas, dejarlas listas para sus pupilos habituales. La mujer no dejó alternativa: a más tardar mañana debemos partir.

Al salir al pasillo, ya sin cuidado, encontramos a algunos de esos estudiantes de vuelta de sus vacaciones. Nos miran con curiosidad: no nos conocen y sospecho que descubren en nosotros rasgos con los que delatamos, de un modo u otro, ser ajenos a la vida docente.

Esa noche, de regreso por última vez a Nanterre, me encuentro con Oscar y José Manuel como centro de un conciliábulo de pasillo. A los estudiantes recién instalados ha llegado el envidiable rumor: la segregación sexual fue abolida en los dormitorios durante el festival. Sus ademanes y sus palabras rezuman un conato de rebelión: se sienten a la vez furiosos y avergonzados de haberla tolerado hasta entonces sin una queja, y se sienten achicados ante nosotros: no sólo los tratan como a niños sino nunca tuvieron la iniciativa de derribar esa barrera. Interrumpen nuestra narración para insistir en una pregunta, la misma, hecha de mil maneras: ¿pasó algo? ¿hubo quejas? Quieren prever las consecuencias de hacer una demanda igual. Nuestras negativas los entusiasman y al enfrentarlos a su mansedumbre, los enfurecen con ellos mismos cada vez más. Antes de disolverse la reunión, los estudiantes de Nanterre han tomado dos decisiones: irán a los dormitorios femeninos a reclutar mujeres para su causa y plantearán su petición sin falta, mañana mismo, a la gerencia universitaria. Su tono anuncia cómo serán las cosas: no darán alternativa.

Así sucede: lo presencio a la mañana siguiente, cuando al dejar Nanterre, observo –de reojo, no vayan a importunarme, a involucrarme en un asunto que ha dejado de ser mío– a la anunciada delegación, efectivamente mixta y haciendo su presentación a nuestra conocida, la jefa administrativa. Son unos ocho o diez, de pie ante ella. A pesar de mi andar discreto, descubro con el rabillo del ojo cómo ella se distrae un segundo del debate para lanzarme una mirada; debe estarse arrepintiendo de un par de cosas por lo menos: haber cedido a nuestra petición inicial de integración y no habernos echado de allí desde el día mismo de terminar el festival, hace una buena semana. Podrá estarlo lamentando pero no se imagina, cuando estalle mayo, cuánto más le va a pesar.

39.

Adelantados los veranos, cuadrillas de obreros raspan por todo París las vallas anunciadoras; despegan las sucesivas capas de anuncios acumuladas unas sobre otras durante el invierno y la primavera y preparan el terreno a los carteles de la temporada siguiente. Atrás dejan un laberinto de jirones; parece indescifrable. Pero siempre, entre las innumerables tiras de papel superpuestas, reaparecen rasgos identificables de algún anuncio olvidado hace meses: la propaganda de unas medias, de un chocolate. Esta vez, en pleno boulevard St. Germain aparece entre los desgarrones el letrero que, las pasadas Navidades, anunció el nuevo disco de los Beatles: Revolver. Los fragmentos no pasaron inadvertidos. Alguien, al descubrir esos identificables restos –marañas de pelo; ojos; una multitud de gentecilla metida entre las cuatro cabezas–, decidió rescatar la totalidad del título del álbum. A partir de una e y una ve, únicos residuos visibles, reescribió a brochazos el título, que queda enorme sobre la triturada valla: Revolver.

40.

Martes: nada. Pierrot le Fou.

No recuerdo cuándo dice esto Pierrot, o Ferdinand, como insiste él en que se le llame –lo descubro tiempo después, viendo de nuevo la película: es una frase de su diario–. El letrero ha aparecido, en rojo, sobre un muro de la rue St. Severin. Al principio inescrutable, termina siendo, con su agobio pesimista, un llamado a la acción, a abolir esa nada.

Voy a un libro sobre Godard, en busca de referencias a Pierrot; una manera bastante elemental de rastrear el sentir de entonces. Lo abro y al encontrar las páginas dedicadas a Pierrot, me topo, lo primero de todo, con una observación de Godard, que sin duda leí y había olvidado: su película fue prohibida por las autoridades francesas a los menores de 18 años, pretextando que el personaje principal da muestras de, y cito: anarquía intelectual y moral.

41.

La noticia aparece en Le Monde. Me salta sin quererlo a los ojos, cuando distingo la palabra Nanterre entre las columnas de noticias locales sobre las que acostumbro a pasar la vista sin dedicarles un momento.

El suelto, de pocos párrafos, resume: los estudiantes del nuevo curso universitario hospedados en los dormitorios de Nanterre han elevado una protesta a las máximas autoridades educativas, ante la negativa de la gerencia inmediata a escucharlos: se niegan a seguir aceptando la segregación por sexos en los dormitorios; lo consideran un atraso y una afrenta. El asunto no ha sido resuelto; hay malestar. Le Monde no dice más.

Entre esa noche y la siguiente me entero: Oscar y José Manuel también conocen la noticia. Lectores ocasionales del diario los tres, parece habernos atraído irremisiblemente, y a los tres nos exalta: nuestro ejemplo cundió.

42.

Enterramos a Bernardo. Español, veterano de la Guerra Civil, dicen que con los anarquistas, y de la Mundial, con la Resistencia. Al sepelio vamos poco más de una docena. Dos datos acompañaron siempre la mención de su nombre: haber estado entre los combatientes antifascistas a quienes los nazis rindieron la alcaldía de París, el Hôtel de Ville, y su malhumor, su perpetua máscara huraña. Se le exacerba con la bebida aunque no le hace falta alcohol para soltar exclamaciones de disgusto, para que brote esa hosquedad, esa rabia visiblemente contenida a flor de piel, que nunca llega sin embargo a desbordarse en furia sino al contrario, es interrumpida en el momento más inesperado por una broma, una risa, el exorcismo de su descontento. Entre los dolientes –aunque no haya ni un pariente, ni ninguno de nosotros llore, lo somos; la mejor prueba: todavía lo recuerdo, desearía volver a verlo– sólo una mujer, Desirée; familia no tiene. Enterrado ya, colocado sobre su tumba un único ramo de flores –Desirée lo trajo– se acerca a ella, mientras nos encaminamos hacia la salida del cementerio, un hombre al que observé rondándonos durante la ceremonia y al que, por su maletín de negocios, creí empleado en la gerencia del cementerio. Me equivoco; Desirée, que lo escucha, me lo aclarará. Es representante de ventas de una florería y se le acercó para proponerle un servicio de su tienda: por una cantidad anual, se encargarán de mantener la tumba decorada siempre con flores frescas. Antes de enterarme de esto, observo, todavía en el cementerio, la confusión en que termina la conversación entre Desirée y el que luego identificaré como vendedor: ella le habla, le dice palabras que no oigo con algo de jocosidad en la expresión, y él queda primero un tanto aturdido, sigue andando a su lado un poco por el impulso, hasta despedirse con gesto que noto algo seco, quién sabe si molesto o sorprendido.

Las dos cosas; nada lo preparaba para la respuesta de Desirée a su proposición de mantener florida la tumba de Bernardo. Con solicitud maternal –tiene años para serlo de este hombre– le explicó ella sin pesar, más bien en su tono habitual de plácida felicidad: Hijo, es que a esta tumba no va a volver nunca nadie. No resumo; así de decisiva fue la frase. Metido en tradiciones que considera universales, no puede el hombre menos que considerarla un rechazo, desprecio al muerto. No comprende cómo esta procesión fúnebre puede estar a la vez triste y alegre. Así es: triste, se nos fue Bernardo; alegre, ninguno de sus amigos lo supone ahora posible presa de un más allá vengador. A nadie atenaza la terrible duda de si habrá para él recompensa o castigo, cielo o infierno. Ya pasó lo peor: la muerte, y para todos está sencillamente ahí donde lo dejamos, bajo esa lápida. Esos restos son lo que queda de Bernardo. ¿Para qué visitarlo?, piensan; lo recordarán con cariño, con alegría, y a veces con cierta tristeza, como pasa a Desirée, a quien descubro disimulando un velo sobre los ojos cuando me relata su breve conversación con el florero y recuerda a su compañero ido. Juntos, rememorarán sus proezas; solos, se les saldrá alguna vez al recordarlo una sonrisa, o podrá caerles encima una pesadumbre helada, al sentir cómo se les acerca un mismo final. Y quién sabe si Desirée se equivocó. A lo mejor uno de nosotros, un día cualquiera, regresó en secreto al cementerio y se detuvo un rato a contemplar la tumba de Bernardo.

43.

Relegado en mi memoria, casi olvidado, una vez de vuelta en París –en el último mes y pico he venido sólo de visita–, me encuentro de nuevo con Nounou.

Primero con uno de sus textos; recién escrito –se ve nuevecito; no debe él estar lejos–, dice: Cada pocos instantes, un niño muere de hambre en el mundo. No se preocupe. Ninguno es francés.

Toparme con él es cosa de días. Aunque no ha pasado tanto tiempo, casi no lo reconozco: es como si hubiera envejecido de la noche a la mañana, como si se hubiera deshecho de pronto; está encorvado, ha encanecido; su reluciente traje de almirante, siempre pulcro y planchado, está ajado, sucio. Vivirá en las aceras, pienso; estará cayendo en la locura.

Prejuicios. José Manuel me saca de ellos: Nounou estuvo preso quince días. En una de sus reuniones sabatinas se armó un tumulto en medio del debate. Hubo puñetazos, destrozos. Se lo llevaron sólo a él, como principal responsable del desastre, por organizador. Muchos suspicaces atribuyen la pelea a un provocador policíaco. Hay quienes piensan peor: algo le hicieron en la cárcel; ha salido de ella destrozado.

Sus reuniones están prohibidas y Nounou maltrecho, pero sigue escribiendo en las aceras. El próximo de sus letreros que veo ha sido embadurnado por una llovizna. Entre el charquero y los pisotones quedan visibles pocas palabras: torre Eiffel… metal… seis tanques… Mata Hari.

Por los fragmentos parece fácil descifrar su texto. Ni siquiera la mención de la Mata Hari es descabellada: dicen que trasmitía sus mensajes a los alemanes desde el cabaret donde actuaba en la cima de la torre Eiffel. Pero si bien estos pedazos sueltos parecen comunicar un mensaje evidente, ninguna de mis interpretaciones logra encajar en los espacios emborronados entre las palabras visibles: o muy largos o muy cortos. Al rato, me rindo. La adivinanza me resulta insoluble. No sé si no supe descifrar el concepto de Nounou o si el problema es otro, gramatical. Pensamos lo mismo pero su sintaxis es muy diferente de la mía.

44.

Esta noche habrá desorden; eso vaticina el gitanillo Lleva puesto el mismo traje con que lo conocí hace semanas en este mismo muelle del Sena. Ese día era —es andaluz— un señorito lorquiano: traje de hilo blanco, camisa azul pálido de cuello, y corbatín oscuro, estrecho como una cuerda. Ni que decírmelo tiene: no se quita esa ropa desde entonces ni para dormir y seguro lo habrá hecho más de una vez a la intemperie; el pulcrísimo blanco se ha cubierto de tizne de arriba abajo. Habrá dormido aquí, en medio de la francachela nocturna de los muelles próximos al Barrio Latino.

Cada primavera trae de nuevo esta misma fiesta; cada generación cree haberla inventado y cree disfrutarla más que las previas. Como habrá pasado en tiempos del medioevo —no hace falta rastrear libros para saberlo—, se canta; como entonces —tampoco es un dato escondido— en varios idiomas. Algunos, los más necesitados de refugio y sueño, duermen ya, arrinconados contra el muro; otros, como nosotros, van y vienen, paseamos al garete.

En este momento —todavía no lo sé— comienza el desorden pronosticado por el gitanillo. Más bien comienza el gesto que dará a la policía el pretexto: una muchacha trepa al muro del Pont-Neuf, se quita la ropa con precipitación ajena al strip–tease y harta de una calma chicha sofocante, preludio del verano, se zambulle en el río en ropa interior, en un clavado admirable. Se da un corto chapuzón en el agua inmunda del Sena y enseguida alcanza la orilla, nadando contra la corriente; por su prisa se nota: el agua guarda el frío del invierno. Trepa al muelle con ayuda de varios que parecen sus amigos, se pone la ropa sobre el cuerpo empapado con la misma rapidez con que se la quitó y en un gesto más inocente que desfachatado, mete las manos por debajo del vestido, se quita el blúmer y lo exprime, guardándolo húmedo en una mochila.

Su zambullida es el toque de queda de la velada. Un policía la habrá visto saltar; en todo caso, se dio el soplo: oímos las sirenas de sus carros y los vemos venir, abalanzarse escaleras abajo hacia nosotros.

No sólo termina la velada; también terminarán, por un buen tiempo, estas festividades de muelle. Entre la insistencia de la tía Yvonne y la explosión de mayo, los cerrarán meses, prohibirán estas reuniones. A la tía se le antojan –para su manera de ver las cosas, lo son– disipadas, procaces, pecaminosas. Con gestos como éste, la tía Yvonne se sitúa al nivel de Sartre; para el espíritu de París, el ánimo de su gente, estas proscripciones que el rumor le atribuye son tan decisivas como la publicación, por el filósofo, de La Náusea: causan malestar, desatan rebeldía. Sin saberlo, sin quererlo, la tía azuza los fuegos que pondrán punto final –un punto final gris, discreto– a la carrera de su marido.

A los policías les disgusta nuestra calma; nos hacen subir a empujones las escaleras, hacia sus vagonetas enrejadas. Arriba, en la calle, descubro un tumulto inesperado, hostil hacia los guardias. Los llaman a gritos por el nombre insultante que les da la jerga: flics. Es mucha gente, como si hubiesen estado velando a los policías y al momento de verlos caer sobre nosotros, se hubiesen precipitado a defendernos con sus abucheos.

Algo de eso hay, me enteraré más tarde: esa noche, poco antes, ha estallado mayo. A pocas cuadras, en la periferia de la Sorbona, el malestar incubado en los segregados dormitorios de Nanterre, esparcido luego a otras quejas docentes, al resto de los dispersos recintos universitarios, acaba de brotar en la primera manifestación callejera, el primer encontronazo entre estudiantes y agentes. Los abucheadores aglomerados junto al muelle del Sena son el residuo desbandado de esa protesta previa.

Esa turba, su confusión, nos salvan. Los flics –zarandeado por ellos, pienso su nombre así–, sorprendidos por el tamaño de la protesta en torno suyo, no logran controlar una redada de tanto calibre –en cuestión de horas, abarcará un barrio entero–, dejan resquicios en su red: no nos esperan arriba fuerzas suficientes como para arrear y enjaular una multitud como la nuestra, que pierde su docilidad y se anima al sentir un inesperado apoyo. Por una de esas grietas escapamos el andaluz y yo, nada más verla.

No hace falta mucho olfato: las cosas se están poniendo feas en París para gente como nosotros, sin documentos: él no los tuvo nunca; yo dejé vencer los míos hace semanas, sin un buen pretexto para renovarlos en regla. Camino de Vincennes, el gitanillo me dice a dónde me lleva: varios amigos –los llama gente de teatro– salen para España esa noche; lo han invitado a acompañarlos, si le viene bien. Me lo garantiza: si eso quiero, podrán colarme en su país; sabrán cómo. Ellos mismos lo corroboran con entusiasmo, alegres de encontrar la oportunidad de una correría, de burlar a las autoridades y, de paso, ayudar a alguien como yo. No se me escapa: me ven, desde el primer momento, como su prójimo.

45.

En uno de mis últimos días en París –ni siquiera sé si fue el último; puede– descubro ante mí, a la altura de los ojos, un letrero poco corriente. Tengo tiempo para observarlo: estoy de pie, orinando.

Ha sido rasgado con navaja en la pintura del urinario. Llama la atención por lo distinto: ni indecencias cómicas ni invitaciones obscenas, dos cosas corrientes en lugares como éste. Consiste en una raya horizontal y un texto de trazo trabajoso; dice: Hasta aquí llegaron las aguas en mayo del 68. Por lo reluciente, se nota que fue escrito, a más tardar, en abril; es un pronóstico próximo, casi inmediato. Está dibujado en uno de los urinarios situados a mayor elevación en París, en la colina del Panteón. La raya, el texto, imitan las placas de bronce, abundantes cerca del Sena, donde se rememora el nivel alcanzado por las aguas del río en su más catastrófica inundación de los tiempos modernos, a principios de siglo.

Imposible adivinar los motivos, las intenciones, del decorador del urinario: termino por considerar su letrero una broma torpe, rebuscada; no le encuentro la gracia ni el por qué a vaticinar la inundación total de París.

Eso sentí entonces. Semanas después, iniciado el levantamiento, me viene la frase a la memoria y me resulta, por encima de la voluntad de su autor, puede que borracho al escribirla, un pronóstico enigmático, irremediable. Su mano se movió inconsciente, siguiendo un dictado. La guiaban indicios registrados por su mente sin saberlo.

46.

Los que el andaluz llamó gente de teatro son en realidad una caravana de saltimbanquis: malabaristas, contorsionista, tragafuegos, palmista, y la estrella: el prestidigitador, con su vedette ayudante. Como hicieron en Vincennes, viajan armando su tinglado en descampados talados, junto a esas torres obreras que cercan cada vez más ciudades, y en esas barriadas de concreto encuentran su mejor público. Los entretienen y les toman un poco el pelo; los otros disfrutan de dejárselo tomar. Me usan de tarugo, como a mi amigo: así nos ganamos la vida, ayudándolos a enderezar una carpa, a colocar mesas y letreros, a limpiar carros, a mantener orden en la utilería de su espectáculo, a vender boletos, fijar carteles. Nos exigen bien poco; la casa y la comida que nos dan, pobres, valen más.

Llevan una vida despreocupada y difícil: no se las facilita los letreros que veo por primera vez en muchos caminos de Francia: Prohibido pernoctar a gitanos en territorio de la comuna. Con estas palabras, las municipalidades los conminan a irse a dormir a los montes. Esta orden incivil aparece entre los castillos de la Touraine, que se pretenden testigos, muestra, de una nobleza civilizada; peor resulta cuando se entiende que el principal blanco de esa veda no somos nosotros, extranjeros poco frecuentes, sino gitanos franceses, tan franceses como quienes colocaron los letreros.

Para mis amigos, ninguna alegría es mayor que encontrarse con otras bandas gitanas. Les da lo mismo del país que sean: logran entenderse. A veces viajamos un tramo juntos y así conozco –no imaginaba la existencia de semejante mundo sigiloso y cosmopolita– gente de media Europa. No pregunto mucho, pero agarro en estos encuentros palabras sueltas cuyo acento adivino: griegas, yugoslavas. Un carromato encontrado en un cruce de caminos se une a nosotros todo un día de viaje; una de las mujeres que va en él canta, el día entero, la misma canción, de la que no entiendo una palabra. Cuando han seguido su camino, se la menciono al prestidigitador. La conoce; le gusta como a mí, me la puede traducir. Casi la he olvidado, me quedan sólo un par de frases: «Pensé que llovía pero eran mis lágrimas. Dame tu mano por última vez y dime que me perdonas». Conocer el resto no aclaraba mucho más. Era como si el canto narrase un suceso conocido de todos, sin hacer falta preámbulo para seguir el drama.

En ruta, el más viejo de los gitanos –maneja el camión principal, se encarga de la taquilla; un tragafuegos es hijo suyo– me conversa; a veces me sienta a su lado en el viaje. Vivió un tiempo en México –datos sueltos apuntan a que fue en los treinta o los cuarenta, huyéndole a la guerra– y le simpatizo por, como él dice, ser de allá. Para él, acostumbrado a una vasta familia, lo mismo da argentino que peruano, mexicano que cubano; somos todos lo mismo. Cuando quiere halagarme –y de paso, presumir ante los otros– me canta un corrido, el único que se sabe completo; narra la muerte de Pancho Villa. Recuerdo apenas dos estrofas y ni siquiera estoy seguro de haberlas memorizado bien: «Éntrale, Francisco Villa, ¿no que eres tan afamado?, en la finca de Sarabia corriste como un venado». Cuando el gitano canta, indica con un cambio de voz, de timbre, la respuesta de Pancho Villa: «Si no los corro me alcanzan, me tumban el pantalón, y me llevan de la cola como si fuera un ratón». Así lo recordaba, creía que bien, cuando un mexicano con quien cotejo esta versión le señala dos errores: no es finca sino hacienda; ratón no lleva artículo: es, mucho más sonoro, «como si fuera ratón».

El prestidigitador y su vedette ocultan una frustración: hubiesen preferido ser, cantante él, bailarina ella, de música flamenca, cante jondo. Lo hacen bien; pero la competencia es mucha, razonan, cuando los animo, admirado ante sus interpretaciones. Se les nota: su júbilo, su calor, cada vez que sueltan o taconean unas coplas, es mucho mayor, sin comparación, al que comunican durante sus espectáculos de magia. Quizás por eso les salen tan bien los trucos: por su frialdad, su precisión. En el canto son pura pasión. Les escuché muchas canciones; mi memoria me ha dejado sólo una: «¡Amparo, ay! ¡Por Dios, Amparo! ¿Por qué te llamas Amparo? El enfermo busca el alivio, que yo le busco y no le hallo. Dile que se calle, que la tengo tapaíta, pa que no la vea mi mare». Su hilación sigue poca lógica; con las vocales en espiral del cante flamenco, no siempre entiendo sus canciones, aunque estén cantadas en español.

Entramos a España por Cataluña, por Pau. Cumplen su promesa; me cruzan limpiamente, sin ser visto, ante las mismas narices de los guardafronteras de ambos lados, en un acto de prestidigitación: el mago me esconde en el doble fondo de la caja donde cada noche se oculta su vedette cuando, en el espectáculo, asusta a los espectadores más inocentes, haciéndoles creer que corre peligro de ser acuchillada. El rincón es justo, pero quepo. En la frontera, el mago tiene el desparpajo de abrir su caja y engaña a los guardias como al público: pintada por dentro de negro, la caja disimula a la perfección la doble pared del fondo, esa pieza secreta donde me escondo. Encerrado, solo, dejo desbordarse un sentimiento callado, acumulado con los días como rabia. No es para menos: metido en ese resquicio me invade el olor de la vedette, oculta aquí noche tras noche; en ocasiones, varias veces en una noche. En esta tumba oscura me queda sólo el olfato: me condena a recibir su olor por todas partes, a sentirlo penetrar en mí por cada poro, llegarme hasta el fondo de los pulmones, hasta el estómago. Durante el viaje he evitado fijarme en ella, mirarla por gusto; no quiero delatarme ante el mago, dejarme sorprender admirándola, permitirle descubrir la verdad en mis ojos. Ahora, este encierro se parece demasiado a un castigo; pienso haberme delatado, a pesar de mis cuidados. El mago me encerró ahí para hacerme sufrir una abrumadora tentación a la que no podré ceder, que no lograré colmar. Durante el resto del encierro, en el cruce de los Pirineos, mi vida queda en suspenso; en ese limbo, me dejo transportar por el olor, llevarme al menos eso. Me cubre, me envuelve, me empapa. Todavía lo recuerdo.

47.

Por el radiecito de los gitanos me entero, a retazos, de París, de las barricadas. Sin pretender rechazarlos, poco me han interesado durante el viaje estos sucesos. Debió ser al contrario, aunque sólo fuese por culminar algo cuyo origen conozco de manera tan inmediata; pero mi vida nómada, mis nuevos amigos, consumen mis horas mucho más. Al fin, en Barcelona –donde me despedí de ellos–, en las horas perdidas en un banco de la plaza de Cataluña, decido un atardecer, entre los anuncios que se encienden con la llegada de la noche, escribirle a José Manuel; averiguar si quedó en París, conocer noticias de la revuelta. Esperanzas de volver por ahora a Francia, no tengo, menos en mi situación de contrabando. Además, no hay por qué. A muchos les tocaron las barricadas; a mí me bastó Nanterre.

48.

Barcelona no me recibe mal. Mis ahorros de viaje me permiten, por unos días, casa, comida, y algunos extras: chato de vino, cigarros, hasta la extravagancia de un café en una terraza de las Ramblas. Sigo así el consejo de un amigo parisién cuya vida, sin un centavo, transcurre entre el gran mundo, en el paisaje noctámbulo de cabarets que lo hace feliz: la pobreza es un estado de ánimo.

Quienes me vean leyendo el periódico en el café no podrán adivinar lo que, a dos cuadras, es mi vivienda: un cubículo hecho de planchas de madera y creado, como en un escenario teatral, dentro de una habitación de una casa de citas; eso que en Cuba, con eufemismo caballeresco, llamábamos posada. Algunas putas, abundantes del otro lado de las Ramblas, llevan allí a sus clientes. Noche tras noche, una fina plancha de madera prensada me separa de esos veloces amoríos. Por suerte estoy conociendo la ciudad: camino mucho, trasnocho, y cuando me tiro en mi cama, caigo rendido. No me desvelan los suspiros, los jadeos, las peticiones, las proposiciones de las variadas parejas que hacen el amor al lado mío, puede decirse que junto a mí.

Como otras veces, mi modo de vida despreocupado da fruto, me encamina: en medio de mi indigencia, mi desahogada presencia diaria en la terraza del café, aunque sea para dedicar hora y media a consumir solamente un expreso, disipa en buena parte la posible desconfianza de los demás hacia alguien con aspecto vagabundo. Después de varios días, una cercana vendedora de pájaros de la avenida se atreve a hablarme, a curiosear –un poco como delegada de sus comadres– quién soy. Mi inminente ruina –si acaso me queda dinero para tres días– la alarma. Me habla de hambre y desamparo pero estoy seguro: más que descubrirme un amanecer durmiendo en el paseo la desconcierta la idea de que me quede sin mis felices tardes de café.

Compasiva, providencial, me saca de apuros: no sé si le soy tan necesario como dice pero me apalabra para ayudarla en la limpieza de las jaulas, en compras de alpiste, en otros sencillos encargos, y se las arregla para que algunas de sus colegas hagan lo mismo.

Paso un tiempo feliz en Barcelona, ayudado por la solicitud, sin segundas intenciones, de esta mujer. Sus atenciones me permiten comprobar algo que sé frecuente: los hombres matan por las mujeres, mientras que las mujeres se desviven por los hombres.

49.

Mayo terminó –los periódicos lo anuncian con alivio– cuando recibo –no la esperaba ya– respuesta de José Manuel. Sus noticias, en medio de mi decepción con la revuelta, con su final, me alegran; por ellas logro borrar una duda pesimista: siquiera por unos momentos y en algunos lugares, brilló mayo.

José Manuel lamenta mi situación –lamentó, debo decir; pero la carta, aunque escrita hace algún tiempo, está en presente–; me estoy perdiendo, dice, la mejor obra teatral posible: una ciudad en escena. La dramaturgia de los acontecimientos no puede ser más perfecta: en apariencia no subsiste sino un caos pero los hilos de la trama se mueven con precisión clásica, es una de sus frases, un tanto rebuscada. Ha presenciado situaciones dignas de un Víctor Hugo bufo, me cuenta; extrañó mi ausencia sobre todo la noche de lo que llama el motín en St. Michel. Mi lugar era allí y no en el fin del mundo, sermonea, transformando a España en los antípodas y sin reproche, más bien con pesar. Habré entendido, antes de terminar la lectura de su carta, a qué va dirigido ese tono de sorna metido cada vez menos entre líneas: no a mí sino a su propio relato. Está claro; con la revuelta todavía en su apogeo anticipaba su marchito desenlace.

En sus palabras, sin más vueltas: Frente a nosotros se coloca, de acera a acera de la avenida, un escuadrón de policías antimotín, esos contingentes que habrás visto por televisión o en los periódicos con su disfraz plástico de marcianos. Nosotros nos ponemos frente a ellos, cerrándoles el paso a la Sorbona, estúpidamente desarmados, aunque mejor así: de llevar armas, nos hubiesen frito. Digo armas en serio, alguno trae mal escondido bajo el impermeable un madero arrancado por el camino, el resto de una barrera policial desbaratada. A lo que voy: los dos grupos nos paramos uno frente al otro, sin decirnos palabra, sin insultarnos, sin agredirnos, nada más de pie frente a frente, no sé cuánto. Parecemos figurantes de una película, listos para empezar el rodaje, esperando nada más el grito de acción para lanzarnos unos contra otros y a llover palos y golpes. Somos como una parodia de motín, aunque es una parodia a punto de ponerse grave, una broma peligrosa: nos miramos a los ojos con fijeza, inmóviles en nuestros puestos, sin gestos desafiantes siquiera; si acaso los de las primeras filas un tanto inclinados hacia adelante, como el atleta listo para el disparo que dará inicio a la carrera o al combate. La situación recuerda esos juegos infantiles en que dos niños se colocan uno frente al otro mirándose fijamente y pierde el primero que se echa a reír.

Perdí, te lo confieso; no pude remediarlo. La batalla estalla por culpa mía: al cabo de un rato de pie, con la vista de uno de aquellos policías sobre mí y la mía sobre él, enfrentados uno al otro con seriedad de gladiadores, me echo a reír. Peor, es como un estallido: me doblo de risa, me muero de risa. Mis esfuerzos por aguantarme, por disimular, fracasan: las convulsiones de la risa contenida me sacuden.

Primero, asombro: el policía me cree poseído por el mal de San Vito. Verlo así es peor: estallo en carcajadas. Siento extrañeza a mi alrededor pero sólo veo la confusión que tengo enfrente: a algunos policías, al verme retorcido de risa, les están dando también ganas de soltarse, de echarse a reír. Te podrás imaginar el resquebrajamiento de la moral rebelde que provoca esta conmoción, y nada menos que en primera fila, ahí mismo delante de los gendarmes. Oscar no anda lejos; cuando me vuelvo hacia él, un poco en busca de socorro, su cara es de pasmo. Luego me dijo: No entendía lo que pasaba. No tarda en comprenderme: la inmovilidad de los guardias, tan emperifollados para el combate, dignos como estatuas, su mirada inmóvil, recuerdan, retratan, ese instante que también tú, si narro como es debido, recordarás ya: aquél en que los tres nos plantamos delante de la oficina de las muchachas en Nanterre. Los policías frente a mí, tiesos como postes, en vez de asustarme me dan risa: en ellos nos veo, revivo nuestro espectáculo. Igual de falsos están, tratando de meter miedo con su silencio y su gravedad. Imposible contenerme: siguen mis risas, sin parar, sin hacer caso a los apretones y golpecitos de advertencia que, como si quedase espacio al disimulo, me dan con tonto sigilo mis compañeros de segunda fila.

Se produce –qué remedio– la hecatombe. Un amago de confrontación amenazante, un ensayo de motín, termina, por culpa de mi risa, en batalla campal. Mis carcajadas desatan a los dos bandos: es como si hasta ese momento hubiésemos sido un conjunto de muñecos de palo y de pronto, como a Pinocho, nos dotasen de movimiento y voz.

Detalla entonces José Manuel la lucha: cómo el bando de estudiantes sublevados intenta ocultar, carnuflar, las risas de su avanzada: gritan consignas agresivas contra los policías; quieren demostrar su seriedad. Son lugares comunes: peticiones de justicia, igualdad y libertad, con no menos de dos siglos a la espalda y vociferadas infinidad de veces por estas mismas calles. Un lema, sin embargo, da en el blanco: lo destaca José Manuel en su carta; por lo inusitado, saca de quicio a los agentes. La turba juvenil, al escucharlo en boca de uno, se anima y lo hace suyo. Desafiantes proclaman: ¡El Estado… soy yo! ¡El Estado… soy yo! La reacción policial, en palabras de José Manuel: Ya no están quietos. Mueven los pies como si tuviesen picazón en las piernas o como si los adoquines los quemasen, como niños con ganas de orinar.

Al fin se mearon, es la tosca metáfora con que me cuenta cómo finalmente cargan los flics contra ellos. Responden, no a una orden, sino a una pedrada, lanzada, no se sabe si desde las filas rebeldes o por algún vecino harto de este circo al pie de su ventana.

Termina José Manuel este capítulo con menos pasión y detalle: cuenta cómo él y Oscar dan empujones, esquivan uno que otro garrotazo y escapan St. Michel abajo con la masa de alzados en retirada, a refugiarse en el santuario de la Sorbona. Corren más que otros, precisa sin avergonzarlo su confesión: su destacada presencia en primera fila y esas carcajadas interpretadas como burla detonante lo hacen blanco predilecto de la desatada gendarmería.

En la carta me parece descubrir –quizás su demora, conocer el desenlace de mayo, me ayuda– que José Manuel evita decir lo que a estas alturas él y yo sabemos: la revuelta iniciada en los dormitorios de Nanterre –no necesitamos decirnos que así fue– no es ya la misma. Lo sugiere al final con una frase que entiendo escrita para mí solo; a otros resultaría enigmática, tonta incluso: lanzan demasiados adoquines, dice. Presiento que cuando esto termine, van a asfaltar todo el Quartier.

Agrega, de todos modos, un final optimista y para mí asombroso: ¿cómo es posible que haya olvidado a Diderot si tengo delante esta frase suya, este propósito con que, mediada la carta, concluye su narración del episodio en St. Michel? Cuando triunfemos, dice, le pintaremos los labios a todas las estatuas de París. Tengo la vista puesta sobe todo en la tetona libertad del Arco de Triunfo.

50.

Copiada media carta, un visitante inesperado me habla de París. Lo conocí en Cuba; lo he visto dos veces desde entonces, ésta la segunda; la primera en París, precisamente. Ahora vive en España. Es inevitable: nuestra conversación va a parar a París. No al que compartimos sino al de ahora, que acaba de visitar. En una frase de la mayor grandilocuencia posible –basta ver con cuánta pompa la dice, su marcada pausa final para medir el efecto, con los ojos puestos en mí–, me lo define: No lo conoces; París es ahora Christian Dior.

No sé qué pensar. Si tendrá razón, si habrá sabido compendiar en esa frase al París contemporáneo, que no conozco, o si son sus impresiones una mirada parcial. ¿Debo creerle? Hace poco, otro amigo, parisién, me aseguró, con la sonrisa feliz de quien lo disfruta: En Europa, París es lo único que no cambia. ¿A cuál hacer caso? Concluyo lo más sensato: a ninguno; tantas visiones habrá de París como personas. Sin embargo, no puedo rechazar del todo la perspectiva de mi visitante: París es ahora Christian Dior. Quién sabe si él, sus apetencias, se conforman más a la realidad de hoy día de ese París que conocí distinto. O peor: quién sabe si, cuando yo lo conocí y vivía en él, cuando lo veía como un París de existencialismo residual, de hervidero de mayo, muchos viajeros, de paseo por la rue St. Honoré o la rue de Rivoli, ante una mesa del Café de la Paix o cenando por el Sena en uno de los Bateaux Mouches, dijeron, contrastándolo con el de los cincuenta: Este París de ahora es Christian Dior.

51.

Querido amigo, prosigue José Manuel, como si empezara de nuevo su carta. Hasta cierto punto, eso hace: inicia una segunda parte.

Esa misma noche de St. Michel, o quizás otra, no lo especifica, asiste en la Sorbona a una representación teatral, que me detalla. La obra se presenta todas las noches y la asistencia es gratuita. El auditorio, aunque la pieza no se anuncia, está siempre repleto; la voz corre y son cada vez más los que se atreven a penetrar de noche en el recinto principal de la universidad, seno de una revuelta cuyo desenlace se ignora, con tal de presenciarla. En ninguno de los artículos que leí sobre mayo en revistas o periódicos vi mencionar estas representaciones cotidianas de La toma de la Sorbona: así se llama la pieza. No me hará falta; cualquier extracto de la carta de José Manuel basta para visualizar y entender la puesta en escena. Escojo uno de sus fragmentos, el que recoge la escena final; a partir de su descripción, la más memorable.

En escena –en este caso, el patio central de la Sorbona antigua– un hombre recita una extensa letanía. A partir de la frase: los franceses tenernos que estudiar, el actor enumera: las quince variantes del silogismo, las cuatro tablas aritméticas, los setenta y cinco departamentos en que se divide Francia, las dos partes fundamentales y los tres elementos esenciales del átomo, las cuatro etapas señaladas por Sartre en el paso de lo imaginario a lo real, los nueve planetas del sistema solar, las trece generaciones de reyes Capetos, los cuatro evangelios cristianos, las cuatro fases de la luna, las diecisiete variantes de los espejos convexos, las 129 leyes fundamentales del Código Napoleónico, las 44 especies de mamíferos oriundos de Europa, los trece afluentes del Rin, los veintidós fragmentos conservados de la obra de Epicuro, los catorce versos del soneto y las once sílabas del alejandrino, los 104 elementos de la tabla de Mendeleiev, las cuatro, cinco o siete velocidades de los motores de combustión en uso comercial, los tres estilos básicos de la columna griega, las nueve poblaciones visitadas por Juana de Arco en su campaña, los 67 versos del monólogo de Fedra escritos por Racine, las demarcaciones de los veinte barrios en que se divide París junto con las dieciséis líneas de la red del Metro, las ocho variedades de surco de cultivo al uso en la Borgoña en tiempos de Francisco I, los doce meses del calendario revolucionario, las tres posiciones básicas de la defensa en la esgrima, los posibles rostros del Hombre de la Máscara de Hierro, las 465 proposiciones de la geometría euclidiana, los 36 colores de la paleta impresionista, las trescientas y tantas palabras conservadas del celta por el francés moderno, los tres herederos del imperio de Carlomagno a su división, las cuatro capas de la atmósfera terrestre, los ocho equipos de primera división del campeonato nacional de fútbol, los 36 fonemas de la lengua francesa, las 160 ciudades unidas en la Liga Hanseática, los 923 pensamientos de Blas Pascal, los cuatro grupos de instrumentos que componen la orquesta, los 31 años que duró la construcción de la catedral de Chartres, las 190 familias que contiene la orden de los lepidópteros, las 33 naciones de la Europa de postguerra, los 15 personajes de El Avaro, los 148 túneles de más de un kilómetro de extensión de la red ferroviaria nacional, las cinco categorías verbales del latín, los 10 ciudadanos a quienes Justiniano encargó la redacción de su código, los 59 licores fermentados en los monasterios de Francia, las cinco expediciones de Champlain a lo que es hoy el Canadá, las 192 acometidas lanzadas un septiembre por los atrincherados en Verdún, los diez volúmenes de profecías contenidos en las Centurias de Nostradamus, las siete musas y las artes que rigen, los doscientos huesos del esqueleto humano, los 45 capítulos de El Rojo y el Negro, las ocho cordilleras principales de Europa, los nueve preceptos enseñados por los filósofos del clasicismo hispanoárabe, las ocho corrientes oceánicas transcontinentales, las siete maravillas del mundo antiguo, las once casas de costura internacionales con sede matriz en .París, los doce mitos de la creación sustentados por los druidas, las trayectorias y los combates de las cuatro cruzadas a Tierra Santa, los tres libros de Rabelais, los cuatro volúmenes de piezas para el clavicordio compuestos por François Couperin, llamado El Grande, las siete jerarquías de la nobleza durante la era borbónica, las once etapas en que se divide para su estudio la Guerra de los Cien Años, los tres emperadores flavios, los 22 animales representados en Lascaux, las diez partes de que consta la serie cinematográfica Los Vampiros, de Feuillade, las 21 escenas pintadas por Rubens de la vida de María de Medicis expuestas en el Louvre, las once culturas subyugadas por los otomanos en Europa, las cuatro playas de Normandía por donde desembarcaron las fuerzas aliadas, las tres leyes fundamentales de Lavoisier sobre el comportamiento de los gases, las 144 canciones grabadas por Edith Piaf, las catorce salsas emulsionadas de la cocina francesa tradicional, los tres basamentos reconocidos en el matrimonio por Lin Yutang, las siete medallas olímpicas ganadas por Francia en competencias de tiro, las 87 batallas napoleónicas recordadas en la columna de la Place Vendôme, las once brujas quemadas durante la Contrarreforma en la región de Aquitania, las 95 tesis clavadas por Lutero en el portón de Wittenberg, las seis escalas de Vercingétorix camino a su derrota frente a Julio César en Alesia, las 45 ideas chic recogidas en su catálogo por Bouvard y Pécuchet, las cinco proposiciones falsamente atribuidas a los jansenistas por el papa Inocencio X, las 9 victorias de Marcel Cerdan en el ring, los diecisiete crímenes de Landru, los indefinidos segundos que tardó Mersault en disparar, las diecinueve adivinanzas propuestas a Salomón por la reina de Saba, los nueve sitios arqueológicos principales de la cultura precolombina en el México actual, los 72 relatos acabados del Heptamerón, las nueve celdas ocupadas por María Antonieta camino del patíbulo, los siete países y las tres capitales atravesados por el Danubio, las tres leyes de Kepler sobre los movimientos planetarios, sustento de las de Newton, las tres razas equinas comunes a las Landas, las 17,924 veces que el pasajero puede leer, en los subterráneos del Metro parisién, el anuncio Dubo–Dubon–Dubonnet, las 61 figuras históricas fotografiadas por Daguerre, las 378 especies comestibles de setas, las siete virtudes cardinales, los tres sueños que inquietaron al príncipe Cósimo, las siete eras geológicas, las quince diferencias señaladas por los antropólogos entre el Cro–Magnon y el Homo Sapiens, las dos versiones pintadas por Manet del fusilamiento del emperador Maximiliano, las cinco posiciones del ballet clásico, los incontables jefes de gobierno de la IV República, los tres estados fundamentales de la materia, las 19 jerarquías de ángeles que venera la teología católica, los cuatro estómagos del rumiante, los 56 días que duró la resistencia en Dien–Bien–Phu, las doce avenidas que nacen del Arco de Triunfo, los nombres de las tres cabezas del dragón que custodia a la casta Matilde, las catorce apostasías nombradas en Nicea, las nueve virtudes curativas reconocidas por Galeno al ajo crudo, las nueve ciudades superpuestas en el sitio donde Schliemann halló a Troya, las 29 maneras recogidas por Brillat–Savarin que tienen las amas de casa francesas de cocinar la papa, las secretas medidas del isoedro concebido por Brunelleschi para construir su domo, los siete engaños dichos por el Gato con Botas a nombre de su amo, el Marqués de Carabás, las 244 cabezas que rodaron en la Plaza de la Revolución el 19 Pluvioso, día más funesto del Terror, los 48 metros de puntal que no toleró la bóveda de la catedral de Beauvais, las 7,000 toneladas largas que pesa la Torre Eiffel, los cuarenta ladrones en la versión de Galland, el tricolor y el hexágono, los noventa artículos generales y los 56 artículos secretos del Edicto de Nantes, los 400 golpes, los 3,172 menhires alineados en el Carnac, el tercer mundo, los cuatro niveles del cretinismo sentenciados por Freud, las siete partes en que –según algunos autores, otros señalan más– se divide En busca del tiempo perdido.

El actor, me precisa José Manuel, no permanece solo mientras entona este texto. A medida que adelanta su rezo, se le van uniendo personajes, figuras anónimas, que a la manera de un canon, repiten, demoradas como un eco, sus palabras. Al principio, relata, este murmullo repetitivo que acompaña las palabras de quien pudiéramos llamar, por costumbre, protagonista, da la impresión de un rumor de iglesia, la oración contenida de los fieles. A medida que estas otras voces van ganando fuerza, aparejándose con la principal, la leve armonía aparente de los inicios se va perdiendo y la recitación colectiva cobra visos de algarabía, convirtiéndose gradualmente en un escándalo sin ton ni son del que sólo sobresalen, audibles, las palabras del principal, proyectadas y graduadas de manera que resalten por encima del fragor colectivo, como las del solista frente al coro en las óperas. Pero a la larga, extrañamente, este fragor comienza a ser reconocible; recuerda algo muy presente, muy inmediato –no es una impresión mía, particular, precisa José Manuel; es de las cosas más comentadas de la obra–. Al fin, el vocerío se identifica: es idéntico a ese escándalo de la protesta, escuchado desde hace semanas por las calles del Barrio Latino, en desfiles, cuando las multitudes rebeldes proclaman lemas, corean protestas. Algo de misterioso tiene: la semejanza no parece buscada, ensayada; es como si el conjunto de sentencias escogidas, al ser vociferadas a coro, tuviese necesariamente que dar por resultado el mismo ruido, la misma sonoridad de la protesta. Tan es así que alguna vez, cuenta, la policía rondó la universidad durante una representación, dispuesta a invadir el recinto; al escuchar ese tumulto escénico pensaban que se preparaba una manifestación nocturna, bien peligrosa a juzgar por la ira que presagiaba aquel rugido intramuros. Termina José Manuel su carta con esta descripción: cuando el escándalo no da más, acaba la obra, en un apagón y un silencio súbitos, proféticos, es su última palabra.

52.

Llevo conmigo una pregunta, nunca respondida ni acallada desde aquel año 68 en que, como a una voz, los jóvenes salieron con sus proclamas a las calles de París, de Praga, de Chicago, de México. Los finales fueron parecidos: la policía ocupó las calles de París, los tanques soviéticos entraron en Praga, la policía de Chicago apaleó a los manifestantes y el ejército mexicano cañoneó a centenares al pie de sus monumentos a las tres culturas. De lejos —a algunos, de cerca incluso— estos hechos parecerán ajenos unos a otros; para mí siempre fueron, siguen siendo, el mismo, lo mismo. Cuando, barridos, concluyeron, significaron un punto final. Difícilmente sabría decir a qué: si a un siglo, o a una década.

Con el tiempo me he preguntado si esas convulsiones fueron de verdad tan trascendentales. Si, no importa cuántos años vivirnos —treinta o setenta y cinco, da igual—, nuestra adolescencia, sus incidentes y preocupaciones, su estilo, no nos marcan para siempre como personas de una generación, por encima de cualquier apariencia de maduración o cambio. Si la importancia que doy a ese desplome con que doblaron las campanas de los sesenta no esconde, como le habrá pasado a la generación de mi abuelo cuando Viena decidió liquidar ese enojoso asunto de los Balcanes o a la de mi padre con el pronunciamiento franquista, que con esa catástrofe, otra cosa realmente terminó: el dinamismo, los proyectos, las esperanzas de mi propia juventud.

53.

Para rematar, carta de Oscar, que no escribe nunca. Justo ahora. Leída, confirmo: la primera de José Manuel no fue coincidencia, como tampoco lo es ésta: algo presentíamos. Nada he dicho a Oscar, planeaba sorprenderlo con el envío de estas notas mías sobre mayo y, como si jugase conmigo, se me anticipa, me da cita: en el verano en Avignon. No aceptara noes. José Manuel, avisa, también estará. Le somos indispensables para su proyecto. No noto adulación en sus palabras; se trata de un asunto práctico.

Me expone su plan. Por conocer a Oscar, por haber trabajado con él, puedo poner pies y cabeza al desordenado torrente de ideas que trae su carta; las deja escapar, no intenta controlarlas. Así empiezan siempre sus proyectos: su trabajo será luego dar sentido a los restos que deje en la costa esta marejada. Con su primera revelación –el título del proyecto– me basta para saber qué terreno piso: Nanterre, el exilio babilónico. Evidente, el primer elemento; previendo mi ignorancia del segundo, Oscar explica: así llamó la Iglesia Católica a su etapa fuera de Roma, en Avignon. En esa ciudad de Francia, durante su festival anual de teatro, Oscar piensa llevar a escena su proyecto –ni siquiera borrador aún, esbozo apenas– del que Avignon es protagonista.

En medio de los dispersos trazos, unas cuantas cosas están ya decididas: el esqueleto de su argumento, por ejemplo. Será la peregrinación, de Nanterre a Avignon, de un grupo de antiguos estudiantes de la Sorbona. Pupilos malditos, expulsados, precursores de Villon. París, harta de sus fechorías, los persigue con furia, y ellos han venido a refugiarse a Nanterre, el pueblo de Santa Genoveva. Enterados de la decisión papal de retornar a Roma, después de dos pontificados en Avignon, deciden, una noche de taberna, promulgar una cruzada hereje: una vez elegido de entre ellos un monarca, más rey Momo que otra cosa, emprenden la ruta de Avignon, decididos a conquistar la evacuada ciudad para esa iglesia en farsa concebida en una velada de borrachera. No darán tan largo viaje por puro gusto de hacer comedia: hasta ellos ha llegado la licenciosa fama de Avignon, de su lubricidad y su vida orgiástica en los últimos años de pontificado de Gregorio XI. Su peregrinar no persigue motivos teológicos —muy atrás quedaron esas preocupaciones, las olvidaron desde desinteresarse de los cursos de apologética de la Sorbona–, sino van en busca de gente liviana como ellos: de la posibilidad de entregarse, en esa ciudad del Ródano con bien ganada fama de libertina, a una apoteósica bacanal.

Por este camino de Santiago a la inversa se les suman gentes, pueblos. Lo insinúa apenas Oscar pero su mención, su tono, me bastan: el viaje, las escalas, los nuevos peregrinos, los aprovechará para engranar mil variantes del teatro, para reproducir el festival vivido por nosotros tres hace más de veinte años, con sus músicos, sus trágicos, sus mimos. Habrá titiriteros, saltimbanquis, trovadores; entretendrán a los viajeros —en realidad, al público— darán a la peregrinación su justo aire carnavalesco y servirán para hacer, deshacer y rehacer teatro.

La vida, sin embargo, traiciona sus designios, es una frase de Oscar que reproduzco, pues aunque manida me parece oportuna: la procesión, a medida que crece, atrae a otro tipo de marginales. Son lo opuesto de los primeros: predicadores y ascetas de variadas apostasías, residuos mendicantes de los trastornos eclesiásticos promovidos por las reformas de Gregorio VII, hasta albigenses dispersos, descendientes —seguidores también— de los escasos sobrevivientes del holocausto cátaro. Esta penitente procesión se va superponiendo a la primera; no busca aniquilarla, sino ganarla. El afán pagano de estudiantes y seguidores, su desparpajo y su abandono, van siendo sumergidos, a medida que los predicadores, entusiasmados ante tan magna oportunidad de convertir, ganan adeptos con sus refulgentes promesas de cielo y sus horrendas amenazas de infierno. El cilicio y el himno van sustituyendo a la corona de laurel y la canción gallarda, hasta que algunos de los propios estudiantes originadores del peregrinaje, ceden. Llegados a Avignon, quienes se proyectaban bacantes se vuelven flagelantes; la penitencia, la castidad, prevalecen sobre el hedonismo y la carnalidad. En ese momento, preludio del final, la escenografía se derrumba; las paredes del patio donde se ha efectuado la representación, cubiertas hasta entonces por andamiajes y telones, cambiantes representaciones del camino, de las poblaciones, de las barracas de feria, quedan desnudas, al caer el decorado y dejar expuestos los muros de piedra de un patio del Palacio de los Papas. En ese verdadero escenario es coronado el aspirante a monarca traído desde Nanterre; no rey Momo, como se planeó al principio, sino antipapa, el primero de los antipapas.

Cita de la carta de Oscar: No me interesa tanto parodiar el pasado, evocar metáforas de mayo, como iluminar el futuro. Sigo siendo, yo también, un predicador, me dice en un paréntesis. Otra cita; la imagino idéntica en la carta que habrá enviado a José Manuel: Los necesito; si logro sacarles a ustedes dos algunas cosas que llevan dentro –gustos, manías, elucubraciones, lo que no sé– no habrá ni que mencionar mayo, y a eso aspiro. Con otros colaboradores temo tener que recurrir a un simbolismo desastroso. Cuento contigo, insiste, sin dejar espacio al no.

54.

¿Quién puede sentirse seguro de conocer, como no sea un puñado íntimo de testigos, a veces uno sólo, el banal origen de sucesos que, por considerarlos trascendentales, atribuimos o escuchamos atribuir a motivos insondables, fundamentales cuando menos: los rasgos o aspiraciones de una raza, las creencias más arraigadas de una nación? Así con mayo, o un hecho más reciente y mucho más descomunal: el muro y su extensa secuela. Pienso en

Brigitte Bardot y su desprecio y les imagino un paralelo posible: Raisa Gorbachova, un capricho suyo. El deseo, por ejemplo, de que su marido la lleve de compras a las tiendas de Occidente. Una taciturna mañana moscovita, Raisa se levanta y se lo exige a Mijaíl: Quiero las exquisiteces de Harrods, las extravagancias de Balmain; no soporto más las gangas de Gum, esos Almacenes Universales del Estado. Y así empieza el cataclismo.

55.

Incapaz de darme por vencido, había escrito –no lo anoté antes, esperando una respuesta que corroborase lo que creía conocer– a un tercer amigo parisién. Le supliqué la aclaración: ¿A quién representa la estatua de la rue des Écoles junto a la Sorbona? En el apuro, olvido preguntarle además si, sea quien sea, sigue teniendo los labios pintados; en todo caso, no lo dice su respuesta. Recibo la principal: Es Montaigne.

Oscar tenía razón. Los labios pintados de Diderot son una ficción. Hoy mismo salgo para Avignon.

Los viejos de la Luna

I.

En esta pensión madrileña donde vivo una de mis primeras temporadas de exilio, paso por solitario; para algunos, sobre todo otros cubanos como yo, a quienes no sólo no me acerco, sino rehuyo, soy un personaje huraño, hasta sospechoso.

No me preocupa dar esa impresión; más bien la cultivo, me mantengo a distancia. Me desagrada esa fraternidad democrática que se ha apoderado de muchos de mis compatriotas en tierra extraña, llevándolos a hacer amistad con gente a la que jamás hubiesen dedicado una mirada, mucho menos dos palabras, en nuestra tierra común. Los eludo y, recíprocamente, ellos a mí. Por algún gesto de sobresalto sorprendido al descubrirme de improviso a la vuelta de un pasillo, es evidente que dudan de mí: puedo ser del bando contrario, amigo o protegido de la embajada cubana, hasta confidente. No es para menos: a mi rechazo unen mi barba, símbolo de lo peor.

Entre los recelosos resalta un hombre típicamente menudo; con su mujer y su suegra forma un trío constante: juntos siempre para entrar o salir, cuando andan del brazo por la acera, sentados en algún café. Ocupan dos cuartos, por suerte del lado opuesto de la pensión. Son dos generaciones y los veo como si compartiesen la misma, como si fuesen tres viejitos que paseasen del brazo. Me los tropiezo mucho, dentro o fuera de la pensión. Para desayunar o merendar preferimos el mismo lugar, sin duda por barato; a veces es como si nuestras rutinas siguiesen el mismo horario. De tanto encontrarnos, la mirada del hombre, desviada al tropezarnos los primeros tiempos, se ha vuelto algo desafiante: ahora me mira a los ojos, aunque sea un instante, y hasta se decide a poner en los suyos un fulgurante rasgo de desdén.

Ha pasado el mediodía hace un rato; espero a dos amigos, a la puerta del edificio de la pensión. Evito el sol y en vez de esperarlos en plena acera, bajo algún balcón, me refugio dentro del zaguán del edificio, aprovechando la sombra y el fresco que entra por el portón abierto. No acostumbro a andar por aquí a esta hora; la cita me ha hecho romper mi horario habitual. Desde mi refugio observo la calle, espero sin prisa.

Sigo allí cuando oigo voces viniendo de arriba. Son ellos tres: el hombre con sus acompañantes, madre e hija. Bajan las escaleras conversando de un tema que imagino, si no perenne, frecuente por lo menos: sus escaseces en Madrid. En este momento hablan de la sorprendente disparidad de algunos precios cuando los comparan con sus hábitos anteriores, con los precios en Cuba. Espero el estribillo habitual en estos casos y, en efecto, viene. El hombre menciona su incredulidad –para él, algo ilógico, un disparate más de los españoles– ante el hecho de que una Coca–Cola cueste más que un café. La reacción de su suegra lo delata: sus palabras no han sido una muletilla ducha al descuido. Las dictaron la previsión, el almuerzo próximo, su pobreza. Ay, hijo, o, ay, por Dios, es la primera reacción de la suegra; da lo mismo, en la conversación repetirá las dos exclamaciones. Increpa con sinceridad al yerno: ¿Cómo no me lo dijiste antes? ¡Si yo siempre pido Coca–Cola pensando que es más barata, para no gastar! No suena él tan sincero cuando contesta –imagino sus gestos, los conozco: sus hombros se encogen, su mano descarta el problema, lo niega–, seguro sin mirarla a los ojos: ¿Qué tiene que ver? Usted pide lo que quiera, dice con infeliz seguridad. Según siguen bajando las escaleras, continúan las protestas de ella –¡ay, no!–, las replicas de él –¡cómo que no!–; aunque ya se sabe –lo sabemos yo y él; no sé si lo adivinará la suegra; dudo que le pase siquiera por la mente a su mujer, muda en todo esto– por qué sacó él a relucir, camino del café, el asunto de la Coca–Cola: el hábito de su suegra lo tiene contando, alarmado, las pesetas, y no se atreve a reprocharle directamente ese lujo de tomarse el refresco americano.

Al dar la vuelta al último rellano, todavía entre ecos de la discusión, me descubre. Calla; mira a otra parte. Su suegra, aleccionada sin duda por él acerca de mí más de una vez, también para de hablar. Quién sabe qué habrán susurrado de mí en sus cuartos. Él no enrojece; está demasiado viejo para eso. Más bien se siente furioso con su descuido; tiene presentes los ecos de la enorme escalera y comprende su desliz: me ha permitido escuchar intimidades, enterarme de un detalle, así sea mínimo, acerca de quiénes son ellos, cómo viven. No se lo perdona.

No vuelvo a tropezármelos, aunque sé que siguen en la pensión. Pienso, quizás con un tanto de presunción, que este episodio lo decidió a alterar las rutinas familiares con tal de no volver a verme. El encuentro fue furtivo; sus palabras pudieran haberme pasado inadvertidas. Temo, sin embargo, no haber sabido disimular, tanta era mi atención. La habrá leído en mis ojos; comprendió que escuché desde el principio su charla y le molestó, no tanto permitirme comprobar una estrechez de sobra evidente sino haberme revelado –nuestros encuentros anteriores lo prepararon para eso: sabe que nos conocemos perfectamente– la trastienda que escondían sus afectuosas palabras.

2.

Voy en el Metro con mis dos amigos –Tony y Enrique– y en medio de nuestra conversación descubro la mirada de una mujer sobre nosotros; es insistente, sin recato. Metí la pata; el cruce de nuestras miradas era el acicate que necesitaba para dar dos pasos hacia nosotros y preguntarnos, segura ya de la respuesta, si somas cubanos.

Lamento estos encuentros fortuitos; pocas cosas me molestaban tanto en Cuba como la tendencia de la gente en la calle a hablarle a uno en toda ocasión, sobre todo en el autobús, donde, como ahora en el Metro, no hay escapatoria. Mi rechazo, por lo demás, es un tanto insincero: rehuyo estos acercamientos pero los disfruto en otros. Sigo, con abandonada curiosidad, estas improvisadas conversaciones que no van a ninguna parte casi nunca y buscan sólo matar el tiempo.

En este caso, el acercamiento me molesta más que de costumbre: esta mujer me desagrada; lleva el pelo teñido de un color rojizo y barato, y recogido sobre la cabeza en un moño con consistencia de estropajo; su tez, algo amarillenta, no se sabe si es enfermiza o sucia, y cuando habla retuerce la boca en una mueca. Se mete entre nosotros y nos fuerza a compartir con ella el mismo poste metálico del vagón.

No sé por qué tiene que hablarnos; de todos modos, su charla, por el momento, me entra por un oído y me sale por el otro. Tan pronto nos cuenta de dónde es, ya lo he olvidado; su nombre, y no lo recuerdo. Nos hace preguntas que respondemos a medias –por las equívocas respuestas veo a Tony y a Enrique en igual situación que yo–, con ambigüedades desganadamente disimuladas: por ahí, cerca, más o menos, es como le decimos dónde vivimos, por qué lugares acostumbramos andar, comer. Su mueca se retuerce al notarnos esquivos; parece a punto de ofenderse pero sus deseos de charla son más fuertes, y se domina. Lleva finalmente la conversación a donde quería y emprende el caudaloso elogio de un lugar –ahora sí la atiendo, despierta mi curiosidad–, una especie de taberna con pretensiones de cabaret –a eso parece ajustarse su descripción–, según nos dice frecuentada por cubanos. Alaba la perenne alegría del sitio, como si las demás tabernas de Madrid fuesen aburridas, sombrías. Es curioso; nunca hemos notado ese lugar y según nos cuenta, está cerca de mi pensión y lleva un nombre cubano: El Camagüey. Me pregunto si lo habrá abierto hace poco un exilado emprendedor para atraer allí a otros cubanos exilados o si existe hace mucho, bautizado así por un propietario español a quien el nombre sonó exótico, como podría haberlo llamado El Caracas o El Guayaquil, con el mismo ilógico artículo antes del nombre, y los cubanos han ido, como las luciérnagas al farol. Me alegra saberlo: así podré evitar esas redes de nostalgia demasiado súbita como para ser legítima, esquivar esos interrogatorios neutros bajo los cuales hay a la vez fraternidad y desconfianza. Al llegar nuestra parada, los tres nos bajamos del tren a toda prisa, dejándola casi con la palabra en la boca y esperanzados —es nuestro primer comentario una vez solos— en no verla más.

Me equivoqué. A las dos o tres semanas, cuando ya la he olvidado, tengo, yo solo, un segundo encuentro con ella; esta vez, frente a mi pensión, de la que por suerte no me ve salir.

Su disposición es ahora otra. De lejos se ve: amenazante. Antes de estar lo bastante cerca uno del otro como para poder darnos la mano, comienza a imprecarme, de la peor manera que le resulta posible: soy espía castrista, agente secreto de La Habana, situado en esta zona de Madrid para vigilar de cerca a los exilados. Cómo es posible que esta infeliz greñosa, prácticamente indigente, me dé tanta importancia, y se la dé a sí misma también, suponiendo necesario un espía para seguir sus pasos, es mi primer pensamiento; cómo puede atribuir a nadie interés en sus idas y venidas, en sus amigos del Camagüey, como para encargar su vigilancia a un agente. Los años me enseñaron que la mujer tenía cierta razón en su idiotez; los enemigos, en este caso, eran tal para cual, actores de una reyerta arrabalera, de pacotilla, a la que muchos fingen hacer caso para servir algún otro propósito escondido.

La situación en que esta escandalosa me pone no es para andarme con meditaciones. Repite histérica sus acusaciones policiales justo frente al café donde desayuno todos los días y meriendo algunos –por suerte, no lo sabe; dirige sus voces al aire– y desde cuyo interior dos camareros que conozco se acercan para observar.

Como prueba irrefutable de sus acusaciones, la mujer saca a relucir mi barba. No le importa que, si de verdad yo fuese espía, no me la dejaría para azorar con ella, como si llevase un brazal con la hoz y el martillo, a mis posibles víctimas. En su lógica, esa barba me delata como agente, y menciona esta palabra por centésima vez casi entre dientes, con un resoplido de desprecio y pavor. Aunque todo esto es secundario; con sus repetidos reproches, no deja de volver siempre a lo mismo, la prueba infalible: no acepté su invitación, no quise ver a los míos, reunirme con ellos, desprecié El Camagüey. No lo concibe de otro modo: si rehuí ese lugar, debe atribuirlo a móviles indignos. En su mente no cabe otra cosa; desdeñar al Camagüey ha sido algo así como rechazar la patria, profanar la bandera.

Va demasiado lejos; no puedo permitir que continúe este escándalo en la calle, en mi calle, delante de mis camareros: están de pie a la puerta del café, espectadores cabales ya; no se pierden ni una palabra de las acusaciones lanzadas contra mí. Servilleta al brazo, contemplan, sin comentario que los distraiga, el sainete. Alguna otra cara conocida pasa cerca y nos echa un vistazo, con educada preocupación. La mujer sigue, se entusiasma con su éxito, eleva la voz; quiere crear un incidente, volverme paria en mi barrio, desatar un motín en contra mía. La veo venir: si la dejo, en cuestión de segundos subirá el tono y dejará de increparme directamente para arengar en torno nuestro contra mí.

No puedo dudarlo un segundo más: me acerco a ella, la sujeto por un brazo sin darle tiempo a zafarse y arrimando mi boca a su oreja, le doy en un susurro la razón: Sí, soy agente, le miento. Y remacho: Una palabra más, y desaparecerá de Madrid, ya sabe a dónde. Yo me encargaré de que así sea. ¡Ni una palabra más! Así es. Enmudece.

La suelto, me separo de ella y todavía inaudible para los demás, le hago otra advertencia: Si repite lo que le he dicho, le puede costar igual de caro. Tiene suficiente: se aleja, sin darse vuelta, a buen paso. En voz alta, me despido, neutro y a la española: Adiós.

Los camareros se dan media vuelta, regresan a lo suyo. Por una sonrisa compartida entre ellos que alcancé a ver en ese último momento y por su comportamiento de los días siguientes, adivino: a pesar de la guerra civil y del franquismo, su mundo es otro, bien distinto al nuestro, el de los cubanos del exilio. Para ellos no hay espionaje, ni complots; cuando una mujer le grita a un hombre en plena calle, el motivo sólo puede ser uno: el despecho. Lo demás son sólo palabrerías, inventos de mujeres para hacer quedar mal.

3.

Aunque no tengo trabajo ni obligaciones, sigo rutinas; una de ellas, la hora de mi llegada por la noche a la pensión: salvo excepciones muy raras, algo pasada la una. No importa si la velada la dedico al cine, al parque o a una taberna, casi siempre con amigos; como no surja un imprevisto, la hora de mi vuelta a casa tiende a ser la misma siempre, como si a la mañana siguiente me esperase un despertador para enviarme al trabajo a horas regulares. Para colmo, la ruta de regreso a la pensión —cobro conciencia, retrospectivamente y con cierto asombro, de la regularidad de una vida que en su momento creí desorganizada, disipada— es también la misma: salgo del Metro frente a un café que cierra a la vez que el tren, o, cuando he quedado por casa, despido allí a mis amigos que vuelven a las suyas y camino después la cuadra y media que hay hasta mi puerta. Sin saberlo, estas repeticiones están dando pie a un encuentro.

Una noche, a las puertas ya del edificio de mi pensión –ocupa un tercer piso–, alguien a quien escucho, sin aprensión, siguiéndome desde hace por lo menos una cuadra, me chista –así he oído decir en Madrid–, interrumpiéndome cuando iba a dar las palmadas para llamar al sereno. Son dos personas: la que me silbó es una inquilina de mi pensión, una vieja –así la pensé entonces; con mis 25 años, debía doblarme la edad–, blanca y blanduzca. Siempre de gris o blanco y negro, callada en los pasillos, hasta inclinada con gesto de servidumbre, la he considerado, sin pensar en ella mucho, viuda o solterona, y en el umbral de la pobreza. La acompaña ahora un jovencito al que ella deja atrás, en la oscuridad de la acera de enfrente, mientras se me acerca. Caigo en cuenta: la he visto, la veo muchas noches, sin registrar su presencia, cuando salgo del Metro o me alejo de él. Siempre ante una mesa del café junto a la cristalera que lo separa de la acera y siempre en compañía –supongo que la de este jovencito–, uno frente al otro, alumbrados por la brillante luz fría, blanca, del café. Me ha visto, como yo a ella, cada noche. Evidentemente, me prestó más atención: conoce mi rutina y en ella basa su petición.

El sereno –como de costumbre no aparece, como si no existiera– la agobia, la hostiga. No dice cómo ni los motivos; con modestia, me deja atar cabos. No se ahorra adjetivos, en cambio, para hablar de él: lo llama sinvergüenza, mala persona. Asegura que sus invariables demoras en responder a las palmadas –cierto: nunca conoceré sereno más lento, más remolón– se deben a sus relaciones con una portera al doblar; si tarda cuando se le llama es porque está enredado con ella en un zaguán. Quizás sea verdad; ahora mismo llevamos rato hablando y no asoma; invariablemente, termina por aparecer viniendo del mismo lugar: al doblar. Yo también lo imaginaba en un zaguán pero adormilado en una butaca, reposando su gordura.

La mujer repite su súplica: quiere evitarlo. Me expone su plan, que yo, sin comerlo ni beberlo, protagonizo. Cada noche, después de llamar al sereno y de que éste me abra la puerta, una vez dentro del edificio, debo esperar por ella unos momentos; cuando la escuche llamar al portón, le abriré.

Cometo la torpeza de aceptar. Creo compensar mi concesión poniendo claras condiciones: ni me comprometo a pasar siempre por delante del café ni, mucho menos, a volver a una hora fija. Las cosas serán sin compromiso, como vengan. Si no aparezco, no le quedará más remedio que llamar al sereno. A lo largo de nuestra conversación, su acompañante ha quedado en las sombras, obediente, callado y quieto. Ni siquiera puede oírnos. Espera por ella, con la disciplina de un hijo, de un discípulo. Con modosidad algo tardía, termina ella nuestra charla insinuando, sin comprometerse con palabras demasiado claras, algo así: es como un sobrino, un pariente del interior, al que ella da refugio nocturno en su habitación. No hacía falta; sobra este subterfugio mal hilvanado.

Me molesto esa misma noche, desde el primer ensayo de nuestro pacto. No es que empiece a arrepentirme; me arrepentí antes, desde aceptarlo; no supe decir que no. Ahora me impaciento: la mujer demora en llamar; la espero, harto, tras la puerta. Al fin se escucha su toque, prudentísimo. Ni siquiera yo, junto a la puerta, estoy seguro de haberlo oído. Es ella: sus golpes a la puerta se corresponden con su menudez. La segunda molestia viene enseguida: subo las escaleras a toda prisa. A esa hora he disfrutado siempre de hacerlo despacio, con la calma del silencio, del final del día. Ahora trepo a la carrera, sacando energías de donde ya no quedan; quiero desprenderme de la compañía de la pareja, terminar el contacto justo después de abrir el portón, limitar a eso el pacto. Indico, con mi absurda prisa, que con su entrada termina nuestra relación.

Cumplo mi parte del trato. Por suerte, bastante menos de lo previsto. Cuando me toca hacerlo, descubro algo que ya sospechaba y nunca antes noté: el acompañante de mi vecina –ese mítico sobrino– es siempre distinto, aunque todos siguen el mismo patrón: jovencitos en plena adolescencia, tímidos de mirada huidiza, perturbados por la situación, por mi presencia sobre todo. Sin dificultad los adivino incapaces de pagarse, además de una mujer, un hotel, y noviciamente resignados a ésta, en el mejor de los casos contemporánea de sus madres. Más rutinaria que mis veladas es su situación cotidiana en el café. La observo: mi vecina y su indistinto cliente se sientan, a la misma mesa, en las mismas posiciones, frente a frente. Quién sabe cuánto tiempo llevan así cuando, a la una y pico, llego por la esquina o por la boca del Metro. Sin nada que decirse, permanecen uno frente al otro y cuando aparezco –trato de hacerlo sigilosamente, de descubrirlos yo a ellos antes que ellos a mí–, los veo cabecear, adormilados de aburrimiento, ante sus vasos vacíos, esperándome.

El arreglo no tiene tiempo de cansarme. Me entero una mañana, al levantarme, tarde, como de costumbre: esa noche hubo escándalo en la pensión; no lo escuché. La señora del doce –así la llaman– metió a un chico en su cuarto y él la asaltó. Un delincuente. La golpeó y la robó. Dos vecinas –poco imaginativas o muy caritativas– comentan que la forzó. La dueña de la pensión, más joven, sabe más: la inquilina ya se fue. No la acusa de cosas imposibles de probar; sencillamente, no puede aceptar que le metan en su casa inquilinos sin pagar. Otros hablan, por los rincones, con más claridad: por la emoción, algunos hasta se franquean conmigo, a quien nunca habían dirigido antes la palabra. Jamás pensaron que esa mujer anduviera en semejante cosa. A sus años, es la frase que más repiten. Alguna vecina es más cruel: y con esa facha. Aunque pensándolo bien, no se sabe qué sobrentender: si de vieja o de monjita. De lo más triste me entero tarde, tan poco se comenta en medio de las otras murmuraciones: el muchacho le hirió a la mujer la frente. Le hinchó un ojo, la derribó y la dejó tirada, adolorida.

Tal vez le rompió una costilla. Se despachó a sus anchas: ella no quería gritar; por él, por su escandalosa violencia, se despertaron los vecinos, acudieron. No tuvo recato en tirarla al suelo, patear la puerta, como si quisiese despertar al vecindario entero. Calculó bien: cuando la gente salió de sus habitaciones, escapaba escaleras abajo. Sólo alcanzaron a verlo de espaldas. Presenciaron en cambio a sus anchas el espectáculo de la mujer, tirada en paños menores en el piso de su cuarto, exhibiendo sin tentación sus carnes, sin poder levantarse. Y a media mañana, cuando salgo de mi habitación y me entero del suceso, ya se ha ido. Me lo imagino: tanto habrá pesado la expulsión de la dueña como su vergüenza. Por los comentarios, algunos dichos con lástima, oigo que sus cosas cupieron en un neceser.

Esa noche, el sereno, habitualmente parco, me comenta el hecho. Ya sé que anoche hubo fiesta, me dice con tono burlón demasiado estudiado. Le respondo con un sí, no sé, mientras le doy sus dos pesetas. Calla, pero después de abrirme, cuando estoy entrando al edificio, se despide, por primera vez, de mí: Ya puede usted subir a dormir tranquilo, me grita casi, por la puerta entornada. Entiendo sin una vacilación el segundo sentido de su frase. Con ese reproche a mi anterior complicidad, se hace ahora mi nuevo cómplice. Con habilidad de chulo, fue él quien le plantó el cliente ladrón y agresor a mi vecina, no me cabe duda. Para formarle el escándalo y desgraciarla. Para que aprenda a no escabullírsele.

Me desagrada demasiado el personaje, la necesidad de verlo todas las noches, de que sea él la última persona a la que veo cada noche. En pocos días me mudo yo también de pensión, me voy de la calle de la Luna.

Tragedias circenses

I.

El hombre insiste en verme. Luis, a quien llevo como asistente en mi película, no sabe cómo quitárselo de encima, y eso que lo escogí precisamente por eso: fornido y bravucón, es una especie de guardián de mi privacidad, le cierra el paso a los muchos importunos. La persistencia de este hombre, sin embargo, lo vence; ha podido más que la impasibilidad, primero, la resistencia, luego, de Luis. Prometo recibirlo y un par de horas después, cuando anticipo un paréntesis largo en el rodaje, aviso a Luis: puede traerlo.

Razones tiene el hombre, menudo y agitado como una ardilla, para estar desesperado; por lo menos, así expone su caso: desesperadamente. Es dueño de un circo. Por su descripción, puedo imaginármelo: un espectáculo de feria cubierto por una carpa. Tendrá un malabarista, dos pulsadores, una equilibrista. Nada de fieras: una domadora de perros y, si acaso, un caballo con un buen jinete. Así es, confirma, cuando me habla, con tono y ojos de ilusión, de su espectáculo. Escaso de recursos: el jinete, capaz de montar de cabeza sobre la silla, es además uno de los pulsadores; la domadora de perros, su mujer. No lo interrumpo; adivino que no me hace esta enumeración por gusto; viene al caso. Su hijo, un niño, es el payasito. Demasiado joven para aprenderse escenas, se le pasea, con el rostro pintarrajeado, como a una especie de mascota, en derredor de la pista. Se le usa, como un objeto, en varios actos: con orejitas postizas, es un perro más, obediente de su madre. El hombre, además de animador, hace entre acto y acto algunos trucos de magia y hasta canta algún bolero para rellenar la función, dándole así tono de teatro de variedades. Su problema radica precisamente ahí, en la parte musical, menos circense, del show; entra en materia.

Como todo circo cubano de pueblo o arrabal –eso es el suyo; ahora pasa por barrios humildes de las afueras de La Habana, aunque la mayor parte del año la dedican a recorrer el interior–, cuenta éste con la indispensable actuación de una rumbera. Acto estelar; para muchos pobladores de esos lugares alejados a donde llega su carpa, es ésa una de las escasas oportunidades que tienen en el año de verle el ombligo a una mujer que no sea la suya. No me habla así él de su artista; como pasa mucho en estos casos, esa adolescente bailarina, salida a la pista por primera vez con sus mangas abofadas cuando todavía era una niña, que dejó de cantar y se limitó a bailar cuando su desentono no fue más una gracia infantil, es su hija.

El problema es ése: demasiado debe de haberla embriagado él desde pequeña con cuentos sobre sus dotes de artista, sobre candilejas y éxitos, animándola a salir a bailar a la pista. Ahora se arrepiente; cansada de la humildad del circo y echando a un lado la solidaridad familiar, la muchacha ha dejado su número al garete para venir a trabajar aquí: es una del montón, una de las extras en esta escena de mi película. El hombre desespera: sin rumbera, el público no acepta su espectáculo, no lo considera completo; para ellos es una ausencia imperdonable, como lo sería en otros circos, de más pretensiones, la del domador. Ya probó a hacerlo y la gente protesta. Intentó sustituirla y con fondos sólo para pagar una veterana, no complace a sus espectadores. Con este contratiempo, su circo, ese anhelo que culminó años de planes y ahorros, se está viniendo abajo, abocado a la quiebra. Necesita a su hija, me suplica por enésima vez que la despida, duplicando su fervor cuando se entera de que la filmación de esta secuencia durará dos o tres semanas más. Le prometo hacer el intento de convencerla; le aseguro que no la despediré. Si ella no me hace caso y prefiere seguir en la película, no voy a impedírselo; su vida es asunto suyo.

Esa misma tarde le hablo a la muchacha. Desde el primer momento adivina por dónde vengo: ha sido testigo de la visita de su padre y está con las uñas fuera; mis palabras no le interesan. Insisto, tratando de hablar claro sin herirla: en mi película es una del montón, nadie la notará. Ni un detalle de la trama ni de la filmación atraerán la atención sobre ella. Mis palabras la hieren; lo noto en su semblante endurecido, en una crispación que no logra disimular. La sé sincera cuando le escucho frases que me suenan a imposibles: no es fácil este medio, lo sabe; pero piensa empeñarse, está decidida a triunfar. Al final se le sale la picardía de rumbera jovencita: confía en su atractivo, en su sandunga.

El rodaje sigue; con ella, aunque remota, ligada ya a su continuidad. Dos veces regresa el padre: lo veo de lejos y aun a distancia noto el cambio: ha abandonado la actitud suplicante de su primera visita; ahora su gesto hacia nosotros, sin necesidad de mirarnos, es de desafío, de rencor. Deambula vigilante, a cierta distancia, como un lobo velando el descuido del redil. A su vez, Luis no le pierde pie ni pisada. Se produce lo inevitable: una tarde interrumpe la filmación de una escena con una discusión a gritos con su hija, metido en el campo de la cámara. Se escuchan, de las dos partes, reproches, insultos, palabrotas. Luis hace intervenir a la policía y siguiendo nuestro acuerdo previo –demasiado veíamos venir un incidente como para no estar preparados–, se le prohíbe acercarse a menos de doscientos metros de los lugares de filmación.

Luego me llega el rumor: la muchachita se molestó con el padre pero más la ha indignado nuestra intervención, hacerlo sacar de allí por la policía; ella lo habría convencido de irse, asegura, sin necesidad de hacerle pasar esa humillación. Habla con rencor de Luis, pero, me dicen, con mucho más de mí. Es justo: en realidad yo soy el director, el principal responsable.

Las circunstancias del rodaje agravan la situación: filmamos al aire libre, en verano y junto al mar, en una playa. Los extras, obligados a pasar horas bajo el sol y las luces, muchos –entre ellos, la rumberita– en trusa, tienen la piel cada vez más quemada. Me llega más de un comentario, en tono de protesta: por tenerlos así, sin un toldo, están soltando las tiras del pellejo. La maquillista y los utileros intervienen, con pomadas y sombrillas traídas para protegerlos a ellos, como desde el principio se hizo con nosotros, del sol. Remedio tardío: la mayoría está de un color rojo incandescente, como camarones. La muchachita suelta la piel de la frente, de los pómulos. Debo alejarlos de las cámaras, ponerlos hacia el fondo, para que hagan grupo pero no estorben la continuidad con esos rostros pelados; hecho el montaje, pasarían en la película de blancos a tostados en el espacio de un segundo.

La muchachita, relegada a segundo o tercer plano, pasa a ser una figura indistinguible para la cámara. El rodaje no ha terminado y podría decírselo: sus esfuerzos han sido inútiles, su figura y su rostro tendrán si acaso un paso fugaz y distante por la pantalla.

Pero es tozuda, tal como me dijo. Terminada mi película, tampoco vuelve al circo. Se la ve –la veo más de una vez– rondando a pupilo el centro fílmico, a encargados de reparto, directores, hasta choferes. Cualquiera relacionado, aunque sea de lejos, con una película. Pasa el tiempo y un día caigo en cuenta: hace semanas que no la veo, ha desaparecido. Cuando pregunto, pocos saben de quién les hablo; quienes lo saben tampoco me pueden decir qué ha sido de ella.

2.

Gelsomina cuaja como personaje, alcanza su mayor esplendor, cuando Zampanó la viste y la pinta de payaso y la pone a tocar el redoblante, para presentar y animar su acto callejero de forzudo. Nada más adecuado: ese disfraz, en vez de enmascararla, descubre a la verdadera Gelsomina, cuyo rasgo más íntimo es un ingenuo asombro ante las cosas del mundo; rasgo puesto al descubierto por un maquillaje que marca la neutralidad de su boca y acentúa unos ojos llenos de perplejidad ante los demás, a quienes no ve jamás como iguales, de quienes siente siempre un alejamiento, evidente con su cara pintarrajeada. Vestida de payaso, Gelsomina encarna, cabalmente, la soledad.

Este personaje protagónico de La Strada se emparenta –lo emparento yo; a otros podrá no sucederle– con una figura que conocía de antes: el payaso triste del circo Ringling. Esta figura solitaria, nunca participante en los estrépitos o carreras de los demás payasos, bufones, limita su representación a pasearse entre el público, siempre con la misma calma, durante toda la función. Su rostro lleva dibujada una mueca de tristeza, una bocaza cuyas comisuras se vuelven desconsoladas hacia abajo. Su ocupación principal consiste en comer un alimento absurdo y miserable: hojas de lechuga, que va desprendiendo y masticando. Su actuación –para muchos niños no lo es: chillan de terror cuando lo tienen cerca y él no intenta tranquilizarlos; o queda impávido, sin importarle los gritos, o se aleja, sintiéndose rechazado, acentuando su tristeza al máximo y convirtiendo al niño, por una vez, en un ser monstruoso, sin corazón– transcurre con la mayor displicencia, con absoluta dejadez, deteniéndose a veces para observar, junto al público, como un espectador más, el espectáculo. Jamás éste lo alegra; si acaso lo enternece cuando actúa una trapecista: evidencia entonces un amor sin ilusiones. Aprovecha el triste cualquier luneta vacía para sentarse. A veces trata de pasar inadvertido, hasta que nota a su alrededor, con desazón, las numerosas miradas vueltas hacia él. O se intimida, o mira fijamente a estos curiosos con rostro de súplica, rogando que lo dejen en paz, hacerse invisible. Otras veces sucede a la inversa: es él el curioso, el que se planta ante alguien o a su lado y lo observa fijamente, interesado en sus menores gestos, en sus más mínimos movimientos; a los pocos momentos, las víctimas de su curiosidad, sintiéndose centro del espectáculo –muchas miradas se han vuelto hacia ellos–, se alteran. Tratan de voltear la situación carcajeándose a la cara del payaso –alguno tiene la remota ilusión de hacerlo reír–, o conversan con sus compañeros de butaca, como si no pasase nada, como si el triste no estuviese allí; algunos hacen monerías, aceptándose como cómicos figurantes del show. Nada hace mella en el triste, al contrario: a cada uno de estos intentos, el payaso, con un suspiro o un encogimiento de hombros, una mirada de desconcierto a su alrededor, se entristece más; a veces destila cierta sorna, como si se conmoviese ante tanta tontería. Para colmo, su víctima, cuanto más se ríe, más agresora resulta: no tiene compasión de su tristeza.

No soy experto en la historia circense; no sé si este payaso tiene antecedentes, si heredó un personaje cuyo origen desconozco, o lo creó. Absolutamente original o no, no me importa: el triste, con unos pocos gestos, con tres o cuatro situaciones, sitúa en escena una figura de nuestros tiempos, explotada o investigada con otras ambiciones por bastantes escritores de nuestro siglo. Lo consideré siempre fuente de una de las piezas teatrales más significativas de la época: Esperando a Godot. Desde leerla vi tras sus páginas al triste del Ringling, lo imaginé, en sus textos, hablando por primera vez. Vladimir y Estragón conversan lo que pudiera conversar el triste, tratan de encontrar un semejante; su vida transcurre en ese mismo abandono sin sentido. El tono de los personajes de Beckett, sus posibles maquillajes, sus movimientos, se originan o tienen su igual en ese mundo histriónico. Lo compruebo cuando, después de asistir con los años a cuatro representaciones distintas de la obra, en que esta idea mía se aleja o se acerca, presencio en Brooklyn un montaje de la pieza dirigido por el propio Beckett. Ninguno como el de él desnuda la obra de tal manera de accesorios, de manierismos, de teatralidad añadida. Es el texto, defendiéndose por sí solo, con esa precisión puesta en evidencia por su autor en las minuciosas indicaciones escénicas que acompañan sus diálogos.

Esa vez veo ante mí de nuevo, en todo su desamparo y su soledad, al triste del Ringling. Como si, después de una vida de silencio, se hubiese decidido al fin a hablar.

3.

Por la ventanilla de la guagua veo el letrero que anuncia el circo: Santos y Artigas. Desde hace años –para mí, todos los de mi memoria–, su aparición anual a fines de noviembre señala inequívoca la llegada de las Navidades, de esa temporada ininterrumpida de fiestas que, entre regalos, comelatas, paseos y vacaciones escolares, no terminará hasta enero, con la llegada de los Reyes Magos. Bien pudiera ser para mí este año el último de esa ritual fascinación circense: entro ya en la adolescencia; es probable que dentro de otros doce meses, supeditaré los payasos y las fieras a los paseos y las idas al cine con alguna muchacha. Pudiéramos ir juntos al circo pero no la invitaré; hacerlo, a mi indefinida edad, es peligroso: puedo pasar por chiquillo. No tendré, sin embargo, que esperar a madurar esos doce meses: está el letrero pero no está el circo; no estará más.

El sitio es el mismo: ese solar yermo donde la hierba crece descuidada el año entero, esperando las carpas. Pero aunque el letrero es igual, no hay este año carpas ni carromatos; ni siquiera se siente ese olor a animal, a estiércol, que, metidos como estamos por las calles de la ciudad, llegaría –lo sentí otras veces, lo recuerdo– hasta mí, hasta el autobús en marcha. En lugar del circo descubro cosas que habitualmente me habrían alegrado pero esta vez me enfrían el estómago con su presagio: sillas voladoras, autos locos, caballitos, una estrella. Tras el letrero de Santos y Artigas se está armando, no un circo sino un parque de diversiones. Veo esto al paso de la guagua, de un vistazo rápido, sin poder observarlo en detalle; inseguro, prefiero no decir nada, no comentarlo con ese tío que me acompaña, no vaya a haberme equivocado y resultar objeto, entre tantos pasajeros, de bromas en voz alta. Tal vez no vi algo, tal vez Santos y Artigas es las dos cosas este año, circo y parque.

No cabe disimulo con mi tío; algún sobresalto mío habrá notado. Es el adulto favorito de mi familia, el que considero más audaz: de los rumores cuchicheados o los relatos entrecortados que sobre él he escuchado, entresaco una nebulosa parte de su vida. Nunca la conoceré a ciencia cierta; incluso después que él muera quedarán para mí sólo rasgos inconexos. Fue, de joven, el arisco, el aventurero; llevó incluso –si se puede considerar certero ese juicio en mi estricta familia– algo de mala vida. Poca cosa: bebió de más, fiestó a deshora y con cualquiera, y –ésta es la zona peor, la más borrosa– se largó un tiempo a California, quién sabe si con propósitos definitivos, a vivir su vida y no sé si también a hacer fortuna. Esto último, en todo caso, no lo logró; quizás fue ese desencanto lo que lo devolvió y lo enderezó hacia una vida familiar y cumplidora. Del viaje le quedó un gusto por lo americano; los admira, los respalda, y los respaldará, incluso cuando, en sus últimos años, lo haga a contrapelo del humor reinante; sea como sea, no les atribuyó su fracaso. Sus lecturas me retratan –no ahora, niño, cuando viajo con él, sería incapaz; con el tiempo, al recordarlas– a un hippie anticipado, de los treintas: Krishnamurti y Tagore, H.G. Wells y Huxley –sobre todo su literatura anticipatoria–, Lin Yutang y algunas historias de la revolución mexicana, que tan cerca debió tener en el oeste americano. Hoy, cuando me descubre sorprendido ante el imprevisto parque de diversiones en que se ha convertido mi circo de todos los años, será la única vez que le oiré hablar mal de los americanos. Sabe lo que pienso e inicia la conversación a medias, con sobreentendidos: Es una vergüenza. Ahora es un parque.

No sé si alcanzo a reaccionar, a preguntarle qué ha pasado. Tan confundido estoy –con la aparición del parque, con sus enteradas palabras– que no creo haber hablado. En todo caso, recuerdo sus siguientes palabras: No pudieron con el Ringling. Tuvieron que liquidar el circo.

No necesito más. Desde hace varios años, tres quizá, el Ringling, ese circo máximo de los Estados Unidos, se decidió a dar el salta e incluyó a La Habana entre las ciudades de su itinerario invernal. Enfrentado a tan monumental competencia, el Santos y Artigas se ha desmoronado. A la necesaria hora de escoger entre uno u otro, una mayoría de padres y niños prefieren las tres pistas, el derroche de lentejuelas, la vistosidad internacional del circo americano. Yo he tenido suerte: llevado al Ringling por mis padres y al Santos y Artigas por mi tío –éste–, no se me obligó a escoger. No habría sabido. Son dos emociones distintas, que no sé diferenciar del todo. La mayoría, obligada por el gasto a seleccionar, dio la espalda al viejo circo, al espectáculo local, más pequeño y modesto.

Las frases de mi tío, su tono de censura, se me adhieren al pellejo. Acompañan mi desvelado pesar por la muerte del circo. Termino por hacerlas mías: es una vergüenza. No hay derecho, también dijo. Lo mismo pienso yo: No hay derecho.

Como pasa a todos, debo sendas fundamentales de mi existencia, de mis ideas y decisiones, de mis rumbos, a cuatro o cinco frases como ésta, muy simples y dichas al desgaire, pero de una manera y en una oportunidad que les permite destruir cualquier obstáculo de la razón y llegar muy adentro, hacerse parte indivisible de nosotros. Es una entre millones, imposible de anticipar. Por eso la formación debe mucho más al azar, a lo fortuito. Al menos, por mi experiencia, eso creo. Sin mucha aparatosidad, todos vivimos algún incidente menor, escuchamos algunas palabras al vuelo, que sin saberlo ni reconocerlo en el momento se convierten en nuestra aparición en el camino de Damasco. A esta frase, a alguna más –si acaso dos, tres–, debo el haber vivido después en Cuba, con entusiasmo, varios años de revolución.

4.

La tragedia del Razzore. Así titula un periódico la noticia del desastre. No se me ha olvidado el titular, acompañante para siempre del hecho en mi memoria; es evidente que el periodista logra compendiar, con esas elementales palabras, la desolación que siento ante la noticia. El barco donde viajaba de Cuba a Venezuela el circo Razzore completo, a una de cuyas funciones asistí semanas antes, ha zozobrado en el Caribe, entre tiburones, tragándose el naufragio a artistas, carpa y animales. Éste es el párrafo que más me afecta, el que se me clava en la memoria: la descripción de las fieras rugientes, devoradas por el mar sin poder escapar de sus jaulas. Si lo capté entonces, fue de manera subconsciente; con los años lo comprendí mejor. El rasgo más conmovedor de la tragedia del Razzore son esas fieras –leones y tigres, contemplados con emoción por mí hace muy poco tras la enorme jaula circular de la pista, amenazando con zarpas y colmillos al domador–, esos poderosos animales, muriendo inermes en una situación que les resulta incomprensible, ajena por completo a las sabanas sin costa donde nacieron, impedidas por los barrotes de usar su fuerza para siquiera un intento por sobrevivir, trepar, quedar a flote; arrastradas al fondo del mar dentro de sus ornamentadas jaulas, convertidas en raros ataúdes que llenarán de extrañeza a los peces.

Aquel naufragio, sucedido poco después de terminar la Segunda Guerra, es para mí como la noticia tardía de la destrucción de otra ciudad. Tiene otro elemento terrible: Razzore, el propietario, viaja solo, por avión, de La Habana a Caracas. No solamente su circo sino su familia entera desaparecen en el desastre. Me resulta demasiado doloroso imaginarlo: pierde a su mujer, a sus hijos, y también a los caballos, a los trapecistas, sus trajes de luces, y al borracho de la cuerda floja, que trastabilla, se desmadeja, oscila a un lado y a otro, sin caer; el acto más inolvidable de esta última temporada, único.

5.

De excursión por la costa oeste de la Florida, junto al Golfo de México, me detengo, sin plan previo, en Sarasota. Sé que allí está el Museo Ringling. Un letrero, a la entrada del pueblo, me lo recuerda. A pesar de ser éste un centro de vacaciones, si no para millonarios por lo menos para ricos —en una curva estoy a punto de chocar con un Rolls–, encuentro en las afueras una zona de hoteles rústicos junto al mar, encima mismo de la arena de la playa. Me convence; decido quedarme en este sitio un par de días, puede que hasta tres.

Evito la primera recomendación de la encargada —probablemente también propietaria—, una mujer con visos de anciana pero todavía ágil, fuerte; la veo a menudo yendo y viniendo en bicicleta: debo visitar el elegante centro comercial circular en torno al cual parece expandirse la ciudad. No tengo necesidad de atender a la segunda, pues a eso vengo: visitar el Museo Ringling. No lo hago con impaciencia: lo dejo para la tarde siguiente, después de pasar la mañana en una playa de arena tan fina que, dentro del mar, con el agua tranquila como un plato, no es posible verse los pies: la arena del fondo, casi incorpórea, está siempre revuelta, no se deposita, se entremezcla con el agua hasta un pie de altura, con movimientos pausados, ingrávida. Junto con el paso de los peces entre mis piernas y el vuelo y los graznidos de gaviotas y pelícanos casi al alcance de mi mano, las tres horas de playa resultan paradisíacas. Después de un almuerzo, voy al Museo, al otro lado del pueblo.

En realidad, el Museo son dos. O hasta varios, depende de cómo se mire. Los Ringling, John y Mable, una de esas familias norteamericanas del siglo XIX a las que una empresa —el ferrocarril, el caucho, la banca, o, como en este caso, el más aventurero de todos: el circo— hizo millonarios, dedicaron buena parte de sus cuantiosas ganancias a la compra de obras de arte, casi siempre europeas y asiáticas, para ellos y su país. Esta gente, citada con frecuencia como paradigma de la maldad y la explotación, da muestras en este sentido de mayor refinamiento que sus iguales de la parte sur del continente que, tan rapaces como ellos o más, prefirieron, con poquísimas excepciones, coleccionar sables, pistolas, ranchos, queridas o caballos.

El primero de los museos, el prestigioso, está dedicado a esa colección de pintura europea. En un palacio de estilo renacentista construido en el siglo XX, donde entre la mampostería contemporánea aparecen fragmentos, ruinas de época trasladadas de Europa a la Florida –sobre todo columnas–, se guardan obras de Rubens, el Veronese, Hals, El Greco. Algunas, dicen los expertos, de dudoso origen, como era de esperar y sucedió a menudo con estos compradores de fortuna y formación apresuradas. Cerca, el teatro de Asolo, una salita del siglo XVIII traída piedra a piedra a Sarasota desde el castillo de esa población italiana, usado todavía aquí para temporadas anuales; restaurado en detalle, puedo considerarlo, sin pretender juicio de experto, un museo por sí solo.

Más allá se alza, junto a la costa, el tercero de los museos. Aunque impresionante, no es una reliquia. Por lo menos, no es de arquitectura cabal. Se construyó siguiendo, rincón por rincón, los caprichos de Mable, Mrs. Ringling, y es más bien un documento social, una curiosidad antropológica, como el castillo del cartero francés o los tronos divinos hechos a mano por el mozo de limpieza de Washington que conserva el Smithsonian. Sus fachadas pasan del barroco al gótico, del estilo renacimiento al morisco, con la misma impetuosidad con que su dueña exigió a sus arquitectos que reprodujeran, en un arco, un vitral, una cornisa o un balcón, los lugares que más la habían cautivado en sus viajes: bajo el ventanal y el balcón de un añorado palacio veneciano, una fachada hubiera podido complacer a Richelieu. En lo alto, una torrecilla evoca los siglos de dominación árabe en Granada.

Esta casa–museo –su amoblado interior también lo es– contiene en su jardín otra exhibición, obra también de la esposa del magnate y resultado de su pasión principal: las rosas. Las hay venidas de todos los climas y todos los suelos, y en el escaso espacio de ese jardín no sólo se congregan variedades de regiones disímiles sino que hay alguna única en el mundo, creada para su rosaleda por la mano de la propia horticultora, la diligente Mable.

Algo lejos de estos edificios, como avergonzadamente relegado a un rincón más discreto de los terrenos, está el último de los museos del conjunto, el que realmente me trajo aquí: el Museo del Circo. No lo dejé para el final; alteré el orden para la narración. Fue el primero que visité, y el último, pues volví después de ver los otros, al despedirme de Sarasota. No me arrepiento de esa preferencia: la exhibición de arte es notable, una colección individual capaz de constituirse por sí sola en museo. Pero, más aún que el caprichoso palacio, el museo del circo es un lugar único; dentro, me siento rodeado de ese misterio fascinante del circo apagado, en silencio, con una emoción mucho mayor que la simple nostalgia de evocar un pedazo de infancia, recuerdos; delante tengo fragmentos de un arte desvanecido o a punto de desaparecer, al menos en lo que llamamos Occidente.

Como tema de curiosidad, hay fotos de los grandes momentos del Ringling, de los más deslumbrantes artistas presentados bajo su carpa. También carteles de las sucesivas temporadas, cuyo tema se renueva cada año, destacando a la figura estelar o el acto más espectacular. Compro dos: uno, amarillento, de la época, anuncia al malabarista Francis Brunn, el mejor que el mundo haya visto, dice el afiche. Otro, reproducido y más feo, lo compro como rareza de interés personal: anuncia, como culminación del espectáculo de ese año –fecha muy remota: se representó el mismo año en que sucedieron los hechos: 1898–, la representación de la derrota, en Santiago de Cuba, de la escuadra española del almirante Cervera, a manos de los buques de Estados Unidos. Nunca he podido imaginar a qué ilusiones, a qué juegos escénicos recurrió el circo para desplegar la acción de una batalla naval sobre el aserrín de la pista.

Cerca, en una vitrina, hay dos trajes que pertenecieron al payaso de payasos: Emmett Kelly, el triste, junto a su foto, sus anuncios. Y más allá, las dos exhibiciones cumbre del museo: los enormes dibujos que, en el sideshow –el espectáculo de feria, en español, aunque no me suena lo mismo–, anunciaban en su ausencia y luego servían de telón de fondo a la exhibición de los fenómenos: la mujer barbuda; el gigante –conservé mucho tiempo el anillo de uno de ellos, del tamaño de un dólar–; las siamesas; los enanos. Esa sucesión de personajes cuya presencia y compañía atemorizaban y fascinaban a los niños, atrayéndolos como la cabeza de la Hidra.

Y en el centro del gran salón, varios carruajes, de los usados en los desfiles por las calles centrales de los pueblos para, cargados de fieras o coronados por la belleza de las trapecistas, anunciar la llegada del circo. A mis ojos son un prodigio: como si las ilustraciones de un cuento de hadas hubiesen tornado cuerpo. Los colores, cuanto más chillones –dorado, rojo–, más frecuentes; como el diseño, la realización, exuberantes. El lado de un carruaje que sin duda fue principal, destinado a abrir el desfile o a cerrarlo, reproduce, en colores oro y celeste, un mapamundi; sus esquinas están rematadas por figuras que lanzan sus cuerpos hacia afuera, como las esculpidas en las quillas de los bergantines. Tallas, como éstas en madera, que representan personajes o animales del circo y aparecen como relieves o estatuaria en las superficies, molduras y remates de estos coches, constituyen el logro más acabado de este arte popular; no por azar recuerdan estas figuras, en sus formas redondeadas y sus vistosos colores, los abundantes angelotes de tantas iglesias del barroco español en América. Pero a diferencia de la reverencia estética rendida a los templos católicos de Hispanoamérica, los artistas circenses, si se exceptúa este homenaje floridano y algún otro que existirá y desconozco, han tenido peor suerte que sus colegas poblanos o cuzqueños. La dedicación al arte religioso, el homenaje a Dios y sus santos, salvó la obra de éstos, la perpetuó. La realizada por artesanos igualmente anónimos y capaces para los vagones del circo ha sido, de manera casi absoluta, relegada al olvido, a la pudrición, a las llamas.

6.

Un año después de terminar la filmación en la playa, viajo al occidente de Cuba, a una zona cafetalera. Voy, con Luis y un camarógrafo, en busca de escenarios para una nueva película –más afortunada, espero, que la anterior, prohibida; pero aunque no lo sabemos aún, ésta ni siquiera se filmará–, de corte documental. Poco a poco vamos perdiendo entusiasmo; para nuestro propósito, no vale la pena ir tan lejos: el primer campo de las afueras de La Habana nos bastará. A punto de emprender el regreso se me aparece Luis con una noticia que nos demora: ha visto –de lejos, no se han saludado– a nuestro viejo conocido, el empresario del circo.

Este encuentro lo llevó a indagar. Se ha enterado de unas cuantas cosas: el circo no existe; el empresario y su familia volvieron a sus orígenes. Regresaron a este lugar, del que salieron para hacer vida artística, y a su anterior oficio, el que les permitió ahorrar para emprender el otro: son obreros tabacaleros. La hija –Luis sabe que es quien más me interesa– volvió con ellos. Al parecer, renunció a sus ambiciones de artista; es torcedora, como le enseñaron, a la par que las rumbas.

Rechazo la entusiasta proposición de Luis de ir a verlos, a saludarlos. Quién sabe de qué ánimo nos recibirían, él y ella. No los supongo tan olvidadizos. Opto por aceptar su segunda proposición: demoraremos nuestra vuelta a La Habana e iremos por la tarde a un café, frente a la fábrica donde la familia trabaja en sus diversas ocupaciones. Podremos verlos; deseo, como Luis, ir, aunque no entiendo qué gusto sacaremos a esto.

Esperamos en el café, en un rincón que evite un mal encuentro, cuando la veo salir, antes que a su padre; al resto de la familia no lo podré identificar, no los conozco. Nos sorprende, incluso a Luis; sus noticias eran, por lo visto, incompletas: la antigua rumbera está ahora en estado. Pasa por la calle, con su cartera al brazo, cerca de nosotros, y nos permite verla bien: está rozagante, más hermosa que cuando confiaba en su belleza para ganar el estrellato. Es posible que el esplendor le venga de la barriga pero no puedo esconderme a mí mismo la pregunta: ¿habré hecho mal en desanimarla? ¿Habré metido la pata al esforzarme por disuadirla de sus ansias de hacerse artista, o por lo menos intentarlo? Vista aquí, con un año más de madurez, al sol de esta placita, no me resulta difícil imaginarla en el escenario de un cabaret habanero, bailando uno de sus guaguancós. Tal vez le hice daño con prematuros consejos, me equivoqué queriendo pasar por sabihondo, hablé de más.

Trato de tranquilizar mi conciencia con razonamientos fáciles: si se la ve rozagante es porque está feliz; su barriga parece confirmarlo y así es; más tarde me entero –Luis, infatigable en su curiosidad, lo averigua–: el embarazo es de matrimonio.

Pero toda esta perturbación es secundaria. La preocupación que en un momento pudiera despertar en mí el recuerdo de mis dudosos consejos no es nada junto al desasosiego –lo siento pesar cada vez más desde la noticia de la mañana– que me nace al enterarme de la disolución del circo. Esto sí me desconcierta; el remordimiento me acompañará siempre, como al criminal: se cumplió el vaticinio del padre; la ausencia de su hija rumbera desbarató el espectáculo, lo obligó a desmantelar su circo, a deshacerse del sueño al que tantas fatigas dedicó. Tal como acertadamente pronosticó, los intentos de la hija por hacer carrera en el cine, ese arrebato de querer verse en pantalla, embobando al público, arruinaron a su circo.

Siento crecer dentro de mí un terror supersticioso: enfrentado a la desaparición de este circo me pregunto qué castigo me espera. De mi culpa no me cabe duda: entusiasta, adorador del circo, y no sólo de los grandes sino mucho también de estos espectáculos de pacotilla que recorren los pueblos con aficionados esforzados y veteranos de tercera fila rumbo al retiro, resulta que a mí se debe la desaparición de uno de ellos. Y no puedo negarlo: razonamientos tontos, decisiones descuidadas y fáciles, sobre todo mi pasividad, lo destruyeron. Que a mí se deba la ruina de un circo. Ni yo mismo puedo creerlo.

Contrabando de México

Presento mis maletas a la aduanera de Miami. Intento, parece que bien, ocultar la preocupación de que descubra lo que llevo en una de ellas: casi una libra de una sustancia controlada, como llaman ellos, en su jerga policial, a estos productos.

La presencia a mi lado de mi mujer —en realidad, quien planeó burlar la ley trayendo esa mercancía prohibida— me ayuda visiblemente. Ella me comunica cierta solvencia matrimonial; solo, sé que sería para muchos, con mi ropa y mi melena algo descuidadas, un personaje a, cuando menos, vigilar.

La aduanera recorre hábilmente con sus dedos, sin verlo, el contenido de nuestro equipaje. Su operación dura segundos en cada uno de los bultos; no le interesamos mucho. Sin hacer siquiera ademán de abrirlo —le resultaría fácil, pues el envoltorio es un periódico; factible de romper con una uña para dar por lo menos un vistazo a lo que hay dentro—, me pregunta qué contiene ese paquete informe que ocupa casi media maleta.

Mi inglés, bastante fluido, se enreda en ese preciso momento; no sé cómo definir esa miscelánea de artículos comprados en las tiendas artesanales de México: figuras, máscaras, huipiles, jarrones, amates. A tropezones, doy con ello: arte folclórico, objetos de arte popular, le digo. Ella me mira con rostro indeciso y termina por leerme, como en una lección, la palabra con que transcribe mi definición en su cuaderno: souvenirs.

Con esa palabra suya, la aduanera ha transformado, como en un conjuro, el contenido de mi maleta. Yo traía orgulloso de mi viaje a México las muestras de su inapreciable arte popular que mi economía me permitió adquirir: ninguna pieza inestimable de museo, claro; tampoco baratijas. Mi mujer y yo nos consideramos con olfato y gusto suficientes como para no dejarnos atraer por vulgaridades o por chucherías que de tan repetidas parecen ya de producción industrial. Para nosotros, lo adquirido se ajusta a mi definición: arte folclórico. Souvenirs, en cambio, es palabra sospechosa, relacionada en mi experiencia a ceniceros con paisajes identificados, torres Eiffel en miniatura, flamencos de goma, maracas con el nombre de La Habana escrito en inglés: Havana, para turistas de paso cuidadosos de no gastar mucho en regalos para los amigos. Los souvenirs, la palabra lo dice, son como objetos carentes de valor en sí mismos: su cualidad, su distinción, es servir como recuerdo de un viaje; para revivir, a través de él, esos momentos felices pasados en un lugar distinto al de costumbre, en esa alegría del viaje, con su sensación de salirnos de nuestra vida, de vivir otra.

Esta mujer, con su intrusa palabra, me ha distraído de lo que debe ser mi principal preocupación: seguir adelante, inadvertido, con nuestra carga prohibida. Me resulta imposible. Las piezas de arte folclórico, en mayor o menor medida –desde trabajos, si bien no únicos al nacer, irremplazables ya, al perderse el secreto de su confección o la civilización que los creó, hasta labores nimias, simples, un mosaico o un pañuelo–, tienen valor propio. Aunque al principio las compré siguiendo el mismo impulse de quien adquiere un souvenir, y por un tiempo me sirvan efectivamente para evocar aquel lugar que pretendo inolvidable, esas piezas salidas de las manos de un artesano terminan por imponerse; por afirmar, en torno mío, su valor intrínseco. Poco a poco voy olvidando que esa servilleta bordada vino de Bruselas, esa alfombra tejida de los parajes indios de Quebec, esa bandeja de barro cocido de las alfarerías de Oaxaca. O si no olvido del todo su origen, éste deja de ser, como en el primer momento, su atractivo central. Al observar, día tras día, la perfección del encaje, la originalidad de una greca, el brillo particular de un esmalte, la presencia del objeto va afirmándose por sí misma y el aliento del viaje, su perfume, evocado inicialmente por la obra ligada a él, se va esfumando, sustituido de manera implacable por el cariño que poco a poco voy sintiendo, cada día mayor, por ese objeto que se me aparece con regularidad en algún rincón o alguna actividad de la casa, matizando, coloreando, con sus virtudes particulares, ese rincón o esa actividad.

Estoy a punto de discutir con la aduanera pero no puedo explicarle esto; si paternalista fue ella al corregirme, como si intentase rebajar mis adquisiciones, domar mi presunción, no perderé yo mi tiempo en explicaciones que esta policía jamás entenderá. En su porte se lee a las claras: si fuese turista en su propio país, preferiría una reproducción en plástico de la Estatua de la Libertad a un pájaro de madera y plumas elaborado por los indios de Nuevo México. Quisiera sobre todo tachar esa palabreja del prontuario que me entrega y que llevaré, junto con mis maletas, a la casilla de inmigración; no siento que me corresponda y lo considero un insulto, más que a mi persona, a quienes confeccionaron los artículos que traigo, los artesanos. Decido, desde luego, que es inútil. Me convence de callar mi contrabando, al parecer a punto de pasar inadvertido: la mujer me está indicando que cierre las maletas, ha terminado su revisión.

Obedezco y seguimos, mi mujer y yo, nuestro camino. Tras una breve gestión más, entramos, libres ya, al territorio. Mi mujer se siente feliz y me lo demuestra apretándome el brazo. Su plan ha dado resultado: dentro del enorme envoltorio de papel periódico, entre platos decorados y esqueletos de madera, lleva a casa la mercancía prohibida por la ley americana, que proscribe la importación de productos agrícolas no procesados: la libra de especias diversas compradas en el mercado de Mérida a un tendero, que le dedicó su tiempo a repartírselas, en las dosis justas, necesarias, para cocinar el plato típico yucateco de la cochinita pibil.

Lightning Source UK Ltd.
Milton Keynes UK
UKOW04f1604280118
316959UK00001B/7/P